Zora del Buono

Seinetwegen

C.H.Beck

«Nie mehr, nie mehr!»

Und doch ist da ein Widerspruch:
dieses «Nie mehr» ist nicht ewig,
weil man selbst eines Tages stirbt.
«Nie mehr» ist das Wort
eines Unsterblichen.

Roland Barthes
Tagebuch der Trauer

Hügelige Landschaft, herrliches Wetter, ein Maitag, alles grünt. Auf dem Weg in die Berge auf Straßenschildern plötzlich die vertrauten Ortsnamen, *Uznach, Näfels, Kaltbrunn*, immer wieder gehört, unwiderruflich eingegraben ins Kinderhirn, aber nie richtig zugeordnet: Wo ist der Unfall passiert, wo war das Krankenhaus, in das man die Verletzten überführt hat, wo fand der Gerichtsprozess statt? Wenn die Namen früher auftauchten, auch in Gesprächen anderer Leute, die nicht das damit verbanden, was wir damit verbanden, zuckte ich zusammen, *Uznach, Näfels, Kaltbrunn*; hoffentlich hört Mutter die schlimmen Wörter nicht.

Seit Jahren denke ich, wenn ich eines dieser Ortsschilder passiere: Ob E. T. wohl noch lebt? Er müsste Mitte achtzig sein. Wie hat er die letzten sechzig Jahre verbracht, mit seiner Schuld? Und dann der Gedanke: Ich muss ihn suchen, ihn aufsuchen. Den Töter meines Vaters.

Ich kenne nur seine Initialen: E. T.

Als Kind fantasierte ich oft, dass ich ihn finde und zur Rede stelle und damit Mutter räche. Es waren melodramatische innere Filmchen, die ich da produzierte, ich hatte die Dimension des Geschehens überhaupt nicht erfasst. Mit zehn versteht man die Endgültigkeit von Tod noch nicht (falls man sie überhaupt jemals versteht). Später verflog der Gedanke.

Erst in letzter Zeit taucht er wieder auf.

Vaters Schwager, mein Patenonkel, Besitzer und Lenker des *VW Käfers*, sagte im Alter einmal, es sei das Drama seines Lebens, das ihn nie losgelassen habe. Hundertfach, vor allem nachts, die Überlegungen, *hätte ich nicht das Steuer rumreißen können, habe ich etwas übersehen, hätte ich schneller reagiert, wären wir später losgefahren oder früher, nur eine Minute später oder früher, es wäre nicht passiert.* Er, der Unschuldige, machte sich Gedanken über seine Schuld, während der Schuldige sich Gedanken um seinen Ruf machte.

Lindgrüne *VW Käfer* gab es viele. Da saßen Menschen drin, die nichts von unserer persönlichen *Käfer*-Tragödie wussten. Es ist ein Auto, das man gern anschaut, fröhlich, ein brummendes buntes Tier, für viele war es ihr erstes Auto überhaupt, ein Freiheitsversprechen; für uns war es der Tod. Im Herbst 1938 gingen die ersten Exemplare in Betrieb, es war das Auto, das sich Adolf Hitler für sein Volk gewünscht und bekommen hat. Bis 2002 war der *Käfer* das meistverkaufte Auto überhaupt, dann wurde er abgelöst vom *VW Golf*.

Wie viele Menschen starben seit 1938 in einem *VW Käfer*? Man ist überfordert mit dieser Frage. Es werden Abertausende sein.

1963 besaßen nur wenige Autos Kopfstützen, obwohl schon 1921 ein Amerikaner namens Benjamin Kratz ein Patent für sein *headrest* erhielt (*Kopfruhe*, ein schönes Wort). Hätte das Auto des Patenonkels (Onkel klingt so alt, er war dreiundzwanzig, als ich zur Welt kam, und vierundzwanzig, als der Unfall geschah) Kopfstützen gehabt, hätte Vater, den ich bestimmt *papà* genannt hätte, wahrscheinlich überlebt. Der Aufprall brach ihm das Genick. Das ist auch etwas, was sich der Patenonkel vorwarf: Hätte der Wagen doch Kopfstützen gehabt.

Ein Karl Meier aus dem Saarland, der dort das Kfz-Handwerk gelernt hatte und dann in die Schweiz zog, um Faltdächer für Cabriolets zu entwickeln, kehrte 1936 nach Deutschland zurück, ging zu *Opel* nach Rüsselsheim, wo er den *Kadett* von seinem letzten Stück Holz befreite. Dann der Schritt zur *Gesellschaft zur Vorbereitung des deutschen Volkswagens*, die Ferdinand Porsche leitete. Meier sollte sich um die Innenausstattung der Autos kümmern, für 430 Reichs-Mark monatlich, achtzehn Patente sind ihm zuzuschreiben. Der *Käfer* wurde sein Paradestück. Nach dem Krieg verließ er *VW*, eröffnete in einer Holzbaracke eine Werkstatt, erfand den bunten

Schonbezug für Autositze, *VW* übernahm die Idee. 1952 gründete er die Firma *Kamei* (Karl Meier), es folgte seine vielleicht bahnbrechendste Erfindung nebst dem *Körperformsitz*: die aufsteckbare *Schlummerrolle*, die auch als Kissen oder Armlehne verwendbar war. Die Kritik war groß, Autofahrer könnten einschlafen, hieß es. Meier entgegnete: Ein «Autofahrer muss es bequem und komfortabel haben, umso entspannter kann er sich auf den Verkehr konzentrieren. Außerdem schützt die Rolle das Genick bei einem Unfall.» Aus dieser Schlummerrolle wurde die erste Sicherheitskopfstütze der Welt, im September 1969 von der TU Berlin geprüft: «Die Belastungen im Kopf und in der Halswirbelsäule werden deutlich herabgesetzt, und Schleuderbewegungen des Kopfes werden weitgehend verhindert.»

Immer, wenn ich Oldtimer ohne Kopfstützen sehe, erschrecke ich, fantasiere das Schlimmste, sehe den Aufprall vor mir, den nach hinten und wieder nach vorne geschleuderten Schädel, höre ein knackendes Geräusch, möchte an die Scheibe klopfen und die Insassen warnen und tue es doch nicht.

Der allererste Kinofilm, den ich geschaut habe, war *Bambi*. Tante Anni nahm mich mit ins Kinderkino am Bellevueplatz in Zürich, so hieß es auch: *Kino Bellevue*. Heute ist es ein für seine kitschige Dekoration berühmtes Café. Fast jedes Zürcher Kind dürfte dort seinen ersten Kinofilm gesehen haben, 1921 war das Lichtspielhaus eröffnet worden. Wenn man aus dem Kino trat, war da gleich die *Riviera*, eine Treppenanlage an der Limmat, die in den 1980ern berühmt wurde, wir, die linke, gern kiffende Jugend hockte dort stundenlang auf den Stufen herum; gegenüber waren, so hat man später erfahren, Kameras installiert, der Staat bespitzelte seine Kinder, wir waren Teil des *Fichenskandals*, der Jahrzehnte dauerte und 1990 endete. Im Laufe der Zeit hatten sich 900 000 Aktennotizen des Staatsschutzes angesammelt. Unvergesslich ein Auszug aus der Fiche von Max Frisch: «Reiste am 23.8.48 nach Polen zur Teilnahme am Weltkongress der Intellektuellen für die Sache des Friedens».

Bambi ist mir in Erinnerung als ein Ereignis, bei dem ich viel weinte und am Ende trotzdem glücklich war. Ich weinte um die totgeschossene Mutter des kleinen Hirschs, ich weinte darum, dass er nun auch Halbwaise war (so wie ich), ich weinte, weil Bambi so viele Freunde hatte, die sich kümmerten, das Kaninchen Klopfer, das Stinktier Blume und Freund Eule. An jenem Kinotag habe ich angefangen, Jäger zu verachten, und es hat nichts genützt, dass ich Jahrzehnte später *Die Leidenschaft des Jägers* des großen Psychoanalytikers Paul Parin gelesen habe, der selbst Jäger war, worin er von ritualisierter Gewalt spricht, von Gier und Wollust, er schreibt, dieser Trieb sei dem Menschen angeboren, was ich erstaunlich finde, wo doch nur 0,3 Prozent der Bevölkerung Jäger sind.

Im selben Kino habe ich auch *Herbie – Ein toller Käfer* gesehen, der 1969 in die deutschsprachigen Kinos kam. Im Original heißt er: *The Love Bug*. Der weiße *VW Käfer* führt ein

Eigenleben, entscheidet Dinge, fährt über Wasser, ist ein sympathisches Wesen, eine beseelte Maschine. *Herbie* wird im Film zum Rennwagen, auf seiner Kühlerhaube thront die Nummer 53. Ein richtiggehender *Herbie*-Kult setzte ein, *VW Käfer* überall, auf Plakaten, in Zeitungen, in Spielwarenläden. 1953 ist das Jahr, in dem sich meine Eltern kennenlernten, die 53 ihre Schicksalszahl. Ich stelle mir Mutter vor, wie sie überall von *Herbie* verfolgt wird, der so munter Unfällen entkommt, sich mehrfach überschlägt, quer über Straßen rast, ein richtiggehender Rowdy mit Herz ist dieser Wagen, nichts kann ihn töten.

Später, die Vorbereitung auf die Firmung. Der Pfarrer vom Nachbarort (in unserem gab es nur eine protestantische Kirche, ich war aber katholisch) dreht mit uns über mehrere Wochenenden einen Kurzfilm. Gruppengefühl, Gemeinschaftserlebnis. Wir sind vierzehn Jahre alt. Ich spiele die Hauptrolle. Die Erinnerung an den Film ist weg, aber die zentrale Szene habe ich nicht vergessen, den *plot point*. Ich sitze am Steuer des *VW Käfer* (!) des Pfarrers, auf dem Schoß (!) dieses Mannes, dessen Arme mich auf Hüfthöhe umschlingen, um möglichst unsichtbar den Wagen zu steuern, während ich tue, als führe ich. Ich erinnere mich an ein Engegefühl, an Atmen hinter mir, aber auch an die freudige Aufregung, am Steuer sitzen zu dürfen. Und an Ketchup auf meinem Gesicht. Ein Unfall sollte simuliert werden, es ist mir bis heute ein Rätsel, *wie in Gottes Namen* dieser Pfarrer auf die Idee kam, ausgerechnet mich als

Überlebende eines Autounfalls zu casten. Wissend, dass meine Mutter sich den Film ansehen würde? Jeder kannte unsere Geschichte. Mutter war die attraktivste junge Witwe weit und breit. War der Pfarrer ein Sadist? Gedankenlos? Oder einer mit einem verqueren therapeutischen Ansatz?

IM KAFFEEHAUS 1 (über das Morden):
Also bitte, die Sache mit dem Pfarrer ist ja allerhand, entrüstet sich Isadora.

Klarer Fall: ein Sadist, sagt Henri.

Isadora ist Psychiaterin – nicht Psychologin, ein entscheidender Unterschied, wie sie betont. Sie trägt gern bunte Kleidung, roten Lippenstift, Fingerringe in täglich wechselnder Zusammenstellung, ihre Wohnung sieht aus wie die einer Studentin, Kleider und Schuhe in wildem Durcheinander auf dem Dielenboden. Sie redet schnell und viel, ein hellwacher Geist, eine deutsche Intellektuelle alter Schule. Auf sie trifft zu, was die Satirikerin Fanny Müller in einem wunderbaren Dialog ihre Figur Frau K. sagen ließ: «Frau M.: ‹Ich nehme an, Sie haben in Ihrem Leben schon alles gesehen?› Frau K.: ‹Zweimal.›» Isadora hat alles mindestens zweimal gesehen, *nichts Menschliches ist ihr fremd*.

Henri hat einst die Kunstschule besucht, ist Raumgestalter und Autor, ein eleganter schwuler Mann mit markantem Gesicht, wie geschnitzt, ein Gesicht zum Verweilen. Beide sind über siebzig, sie treffen sich samstags nach dem Markt in einem Café, gelegentlich geselle ich mich dazu.

Vielleicht ein Frauenhasser, sagt Isadora, eine frühe Form des Incels, so wie damals dieser Pommerenke.

Pommerenke?, frage ich.

Ein Vergewaltiger und Frauenmörder, sehr bekannt, ein Serienkiller, saß ewig im Gefängnis, erklärt Henri.

Kam aus der DDR, floh nach West-Berlin, wohnte später in Zürich und Schaffhausen, sagt Isadora.

Und dann eben bei uns.

Wo, bei uns?, frage ich.

Im Schwarzwald, da hat er mit der Morderei angefangen. Wir kommen doch beide daher, das war nicht weit von uns. Man hat immer über ihn gesprochen. Er hat die ganze Gegend in Angst und Schrecken versetzt, sagt Henri.

Er hat einen Monumentalfilm im Kino gesehen, in Karlsruhe, '59 muss das gewesen sein, sagt Isadora.

Die zehn Gebote.

Genau! *Die zehn Gebote.* Da hatte er eine Art Erweckungserlebnis bei einer Szene mit spärlich bekleideten Frauen. Sah sie ums Goldene Kalb tanzen und fand, die Frauen seien die Ursache allen Übels dieser Welt, man müsse sie vernichten. Er müsse sie vernichten.

Hat noch in dieser Nacht die erste Frau umgebracht.

Er ging aus dem Kino und ermordete eine Frau?, frage ich.

Vergewaltigte sie, schlitzte ihr die Kehle auf, sehr übel.

Er war auf einer Mission.

Was ihr da erzählt! Das ist ja grauenhaft!

Liebes, weißt du, wie man in den Sechzigern über Frauen gesprochen hat? Im Malergeschäft meines Vaters gab es einen, der sagte grundsätzlich nur FRAU = SAU, immer. Strich wochenlang Heizungsrohre und an allem war FRAU = SAU schuld, sagt Henri.

Incels sind überall, nickt Isadora.

Hattest du schon einen Mörder als Patienten?, frage ich.

Nicht bewusst. Aber weiß man's?

Wir bestellen eine weitere Runde Tee.

Ich trage Mutters Ring. Sie hat ihn zu meiner Geburt von ihren Schwiegereltern geschenkt bekommen, ein Diamant in Weißgold, von dem es immer hieß, er sei unglaublich teuer, kostbar wie ein *Maserati* (!), eine Art Notreserve für Krisenzeiten, besser noch als Gold (wenn alles schiefgeht, fantasierte ich als Kind, verkauft Mama ihn und wir zwei fangen in Amerika ein neues Leben an). Drum trug sie ihn immer, Tag und Nacht, Jahr für Jahr. *Ein Ring ist am sichersten am Finger*, sagte sie.

Der Ring und ich fahren im Zug nach Antwerpen, unsere erste gemeinsame Reise. Antwerpen als Diamantenstadt scheint mir ein passendes Reiseziel. Dass ich Mutter den Ring abgenommen habe und ihn jetzt selbst trage, hat Überwindung gekostet. Wenn ich sie besuche, werde ich ihn nicht tragen, sie könnte ihn erkennen und denken, ich sei eine Fremde, die sie bestohlen hat.

Letzten Monat hatte sie ihn verlegt, wir mussten lange suchen, bis wir ihn wiederfanden: in einer zerknautschten Medikamentenschachtel. In jenem Moment beschloss ich, ihn ihr nicht zurückzugeben. Sie weiß nicht mehr, dass sie einen Ring besitzt, einen Brillanten, so teuer wie ein Auto. Sie erinnert sich auch nicht an ihre süditalienischen Schwiegereltern und nicht an ihren Mann, um den sie fast ein Leben lang getrauert hat.

Zweimal ging der Diamant verloren, hatte sich aus der Fassung gelöst, die wie ein hässliches Stahlgerüst an Mutters Finger klaffte; da war ich noch ein Kind. Das eine Mal fanden wir ihn im Kaninchenstall im Stroh wieder, das andere Mal in der Holzskulptur eines zeitgenössischen Bildhauers in dem Museum, das meine Mutter leitete. Beide Male hatte helle Aufregung geherrscht.

Nichts in unserem Leben verkörpert die Aura des Familiären so wie dieser Ring. Und jetzt trage ich ihn. Mutter hat die schöneren Hände als ich, an ihr sah er elegant aus, stimmig, an mir wirkt er leicht deplatziert. Ich denke, jeder erkennt sofort, dass ich ein Auto am Finger trage. Etwas, das ich nicht verdiene. Ich fühle mich gleich in dreifacher Hinsicht schuldig: weil es Mutters Ring ist (aber soll ich ihn in einen Safe legen, bis sie tot ist?), weil ich ahne, unter welchen Bedingungen der Diamant in den 1950ern in Südafrika abgebaut wurde, und weil ich denke, was man mit dem Erlös Gutes tun könnte. Doch mir widerstrebt es, diesen Stein an der Hand einer fremden Frau zu wissen. Eher werfe ich ihn ins Meer, als ihn zu Geld zu machen, denke ich. Das Symbol der Liebe meiner Eltern. Ich die Frucht davon. Die Goldschmiedin, die ihn geprüft und gereinigt hat, sagte: *Du wirst dich dran gewöhnen. Ihr werdet zusammenwachsen.*

In Antwerpen will ich ein schmales Ringlein kaufen, das sich vor den Brillanten schieben lässt, *einen Stopper*, sagte die Goldschmiedin, gegen die Verlustangst. Hinter dem Bahnhof liegt das Diamantenviertel, ein Geschäft neben dem anderen, es funkelt und glitzert überall. Schätzungen werden angeboten, Ankauf, Verkauf, schnelles Geld winkt. Manche Geschäfte sehen suspekt aus, andere bieder, zweimal gehe ich unverrichteter Dinge wieder raus. Der dritte Laden ist der richtige, die Inhaberin angenehm, ein Kommen und Gehen, *goedendag, goedendag, shalom, shalom*. Die Chefin sieht sich den Diamanten genauer an, sie schätzt ihn auf knapp 2 Karat, Farbe *k*, Reinheit *vs*. Der Gatte kommt, sagt, der Stein sei *jack*. Was das bedeute, frage ich. Viel kostbarer als *k*, sagt sie, 50 000 mindestens. Er legt den Ring auf ein Gerät, das alles vermisst. Man hätte das Gerät nicht gebraucht, die Chefin hatte recht, 1.9 Karat, *vs*, aber kein *jack*, nur *k*, 9000 ungefähr. Ich bin erleichtert, es ist nur ein gebrauchter Kleinwagen, den ich am Finger trage. Und gleich fühlt er sich leichter an.

Im Zug zurück eine seltsame Szene. Ein Kleinkind, ein blondgelocktes Mädchen, vielleicht zwei Jahre alt, zieht protestierend seine Hose aus und sitzt in der Windel mitten auf dem Gang des ICE. Sie zetert und schreit. Die Mutter fragt, ja, was willst du denn? Der Vater sagt, vielleicht ist die Windel voll. Die Mutter fragt, soll ich dir die Windel wechseln? Das Kind verstummt. Der Vater hebt die Kleine auf den Nebensitz, sie sitzt mir nun schräg gegenüber. Sie verschränkt die Daumen ineinander und legt sie in den Schoß, sie fängt an, das Daumenpaar am Windelhöschen zu reiben, drückt rhythmisch darauf, es dauert ein wenig, bis ich merke, was sie tut. Sie streckt die nackten Beine aus, lehnt sich zurück, drückt fester, schneller, ihr Blick wird glasig und fern, sie schnauft. Ihr Gesicht sieht aus wie das einer erwachsenen Frau, gekrauste Stirnfalten darin. Dann plötzlich ist sie fertig, schüttelt sich wie ein Hündchen und ist wieder ganz im Hier. Ich bin erstarrt, habe ihr im intimsten Moment zugeschaut, mich währenddessen gefragt, ob ich die Eltern ansprechen soll, warum um Himmels willen sie ihre masturbierende Tochter der Öffentlichkeit preisgeben, ob sie sich nicht schuldig fühlen, aber ich wollte niemanden in Verlegenheit bringen, also habe ich geschwiegen und in dieses erschütternd alte Gesicht geblickt und mich nicht gut gefühlt dabei.

Ihr Bruder, erzählt mir eine junge Frau bei einem Abendessen, sei von einem Auto angefahren worden, sein Leben habe sich dadurch wenig verändert, er sich hingegen schon. Es war an einem Volksfest in der Solothurner Provinz, eine Gruppe junger Leute zog von einer Kneipe zur nächsten, das mache man an diesem speziellen Wochenende so, es sei lustig gewesen, und alle betrunken, als sie auf dem Trottoir nach Hause gingen. Ein Auto raste auf sie zu, fuhr über die Bordsteinkante, riss den Bruder mit, der zu Boden fiel und schwerverletzt liegen blieb. Das Auto fuhr weiter, Fahrerflucht, der

Schuldige wurde nie gefunden. Der Bruder, keine dreißig Jahre alt, musste zahllose Operationen über sich ergehen lassen, am Rücken vor allem, aber auch im Gesicht. Kieferknochen mussten neu gestaltet werden, die Stirn auch, er sieht jetzt anders aus. Wenn sie an ihren Bruder denkt, hat sie noch das alte Gesicht im Kopf, und wenn er dann auf sie zukommt, denkt sie, ach stimmt, so sieht er heute aus. Sie hat sich an den fremden Ausdruck noch immer nicht gewöhnt.

Erinnerung an Anneke, die ein stark fliehendes Kinn hatte, sich mit fünfundzwanzig operieren ließ, weil man sie dazu drängte (vor allem ihr Freund), und Jahre brauchte, bis sie nicht mehr erschrak, wenn sie morgens in den Spiegel schaute. Im Laufe des Tages gewöhnte sie sich an die neue, die schönere Anneke, aber direkt nach dem Schlaf war sie noch die alte, die echte Anneke, die sie eigentlich lieber mochte, wie sie mir gestand.

Der Osteuropa-Spezialist einer deutschen Zeitung habe erzählt, sagt mein Mitbewohner, dass ihn eine Woche nach Beginn der russischen Invasion ein befreundeter ukrainischer Bauer angerufen habe, seine Kühe würden neuerdings schreien, er wisse nicht, was tun, zum Beweis hielt der Bauer das Handy zwischen die Kühe und tatsächlich hört der Redakteur eigenartige Klagen und Schreie. Das seien die sterbenden russischen Soldaten, erklärt der Bauer, die von ihren

Kameraden über den Zaun auf die Weide geworfen worden seien, entsorgt zwischen Rindern. Die andere Geschichte: Schwerverletzte russische Soldaten würden hintereinander auf die Straße gelegt, dann von einem Panzer überrollt. Keine Zeit und Kapazitäten für verletzte Soldaten. Falls die Schilderung stimmt: Wie verläuft das weitere Leben des Panzerfahrers, der seine eigenen Kameraden plattgewalzt hat? Wie kann er leben mit dieser Schuld? Mit diesen Bildern im Kopf? Wird er überhaupt weiterleben oder sich selbst töten nach dem Krieg, so wie zahllose Soldaten sich umgebracht haben nach Kriegen.

Prominente Opfer des Straßenverkehrs (eine Auswahl): Günter Amendt, Rolf Dieter Brinkmann, Jean Bugatti, Albert Camus, James Dean, Diana Princess of Wales, Isadora Duncan, Falco, Grace Kelly, Margaret Mitchell, Helmut Newton, Jackson Pollock, W. G. Sebald, Jo Siffert, Bessie Smith.

Kleiner statistischer Exkurs. Es ist eine Schweizer Statistik, in Deutschland sähe sie wohl ähnlich aus, nur um das Zehnfache größer.

TOTE IM STRASSENVERKEHR:

Im Jahr 1963: 1330 (645 Lenker; 237 Mitfahrer; 448 Fußgänger)

Im Kanton St. Gallen 1963: 78 (33 Lenker; 13 MITFAHRER; 32 Fußgänger)

Im Jahr 1970: 1740

Im Jahr 2021: 200

GETÖTETE NACH VERKEHRSTEILNAHME 2021:

Personenwagen: 65

Motorräder: 47

E-Bikes: 17

Fahrräder: 22

Zu Fuß: 37

Andere: 12

UNFÄLLE AUSSERORTS (ohne Autobahn):

11 203, davon 4486 mit Personenschaden

HAUPTURSACHEN:

Nichtanpassen an Linienführung: 489

Momentane Unaufmerksamkeit: 443

Nichtanpassen an die Straßenverhältnisse: 439

Einwirkung von Alkohol: 356

Missachten des Signals *Kein Vortritt*: 352

UNFALLTYPEN:

Schleuder- oder Selbstunfall: 2259

Auffahrunfall: 614

Einbiegeunfall: 396

Frontalkollison: 349

Abbiegeunfall: 281

STRASSENVERKEHR DEUTSCHLAND 2022:

Getötete: 2788

Schwerverletzte: 57 727

Vater starb nach einer Frontalkollision. E. T. überholte bei durchgezogener Mittellinie in seinem großen, roten *Chevrolet* in einer Kurve ein Pferdegespann und knallte in den *VW Käfer* von Onkel und Vater. E. T. blieb unverletzt, der Onkel brach sich den Oberschenkel. Vater war sofort gehirntot, lag aber tagelang im Koma, bis man die Gerätschaften abstellte, Mutter musste den Zeitpunkt entscheiden. Am 18. August 1963 starb er. Er war eben erst dreiunddreißig geworden.

Liste der eigenen Deformationen:

- Eine seltsame Gefühlskälte gegenüber klagenden, trauernden Verlassenen, Alleingelassenen, Geschiedenen, Verwitweten. *Das habt Ihr jetzt davon. In den Jahren der Zweisamkeit nicht gemerkt, wie Ihr DEN ANDEREN, den Alleinstehenden gegenüber aufgetreten seid, in Eurer unerschütterlichen Zweierfront. Und jetzt plötzlich Anschluss suchen.* Erinnerung an Mama, die junge Witwe, die nicht zum Abendessen bei den Nachbarn eingeladen wurde mit dem Argument: *Mit dir geht die Tischordnung nicht auf.*
- Irritation, wenn Menschen von *tragischen Schicksalsschlägen* sprechen, die eigentlich keine sind, zum Beispiel das Sterben greiser Eltern.

- Stilles Wundern über intakte Familien. Heimliches Betrachten, ob da nicht doch etwas im Argen liegt.
- Mich selbst in der Zweierbeziehung nicht mögen. Fremdheitsgefühl darin. Wenn eine Beziehung funktionierte, habe ich sie zerstört. Wenn sie nicht funktionierte, habe ich sie zu halten versucht. Die Unmöglichkeit von Nähe, das Wissen, dass sie in Sekunden zerschlagen werden könnte (Unfall, Tod, Verlassenwerden etc.) – besser nicht drauf einlassen. Die Folge: das solitäre Dasein. Nicht beklagenswert, es ist der einzig stimmige Zustand für mich.

IM KAFFEEHAUS 2 (über Deformationen):
Lasst uns über Deformationen sprechen, schlage ich vor.

Deformation ist ein böser Begriff, das ist zu stark, widerspricht Isadora. Es klingt, als ob die Psyche hässlich geworden sei, missgestaltet. Das geht nicht, da muss man einen neutraleren Begriff finden.

Henri nimmt sein Wasserglas und schreitet damit zielgerichtet durch den Raum, legt das Glas über ein Insekt an der Wand, schiebt seine Hand darüber und wirft das Tier aus dem Fenster.

Es gibt eine große Bewegung innerhalb der Psychowissenschaften, die findet, wir müssten aufhören mit den Defiziten, wir sollten gucken, was mit den Ressourcen ist, sagt Isadora. Nicht diese ewige Fokussierung auf den negativen Mist. Wenn einem im Leben was passiert, muss man ja kein psychischer Krüppel werden, sondern es gibt halt eine Reaktion.

Krüppel kannst du nicht sagen, wirft Henri ein.

Da hast du recht, stimmt sie ihm zu. Ein neuer Modebegriff ist die Resilienz, das ist etwas Natürliches, die hat jeder.

Wollen wir es statt Deformation lieber Formation nennen?, frage ich. Man wird geformt durch das, was einem geschieht. Ich reagiere mit einer irritierenden Kälte auf die Trennungsgeschichten anderer Leute, weil es mir eben so früh passiert ist, bin deswegen aber nicht deformiert.

Das ist absolut normal, dass du Befriedigung empfindest, wenn anderen endlich auch mal was passiert, sagt Isadora. Schadenfreude ..., sagt Henri.

... ist eine normale Regung, erklärt Isadora. Die Natur des Menschen ist triebhaft, schreibt Freud. Anstand, Manieren, gute Gefühle, schlechte Gefühle, das lernt man, das ist Zivilisation.

Da kommt dann die Kirche ins Spiel, wirft Henri ein. Die Zehn Gebote.

Isadora geht nicht auf ihn ein, redet weiter: Ich hatte schon so *Bünzliweiber* in der Praxis sitzen, die echt abstreiten, dass sie Neid und Eifersucht kennen. Verleugnung höchsten Grades. Die behaupten ernsthaft, sie seien nicht neidisch oder eifersüchtig auf ihre Schwestern etc. Das ist natürlich Quatsch. Man lernt alle Affekte: Hass, Wut, Liebe.

Und was sagst du den *Bünzliweibern*?, fragt Henri, er mag das Wort offensichtlich genauso wie ich.

Da hakt man dann ein: *Wiederholen Sie das mal.*

Dann bin ich ja weiter, wenn ich die eigenen *De-Formationen* benennen kann, sage ich.

Selbstverständlich! Nichts anderes erwarte ich von dir, sagt Isadora und führt aus: Je nachdem, wie ich aufwachse, kenne ich nur Wut und komme nicht zu Empathie. In der Wut kann man verweilen – da muss ganz schön was schiefgegangen sein.

Wie bei Pommerenke, wirft Henri ein und schreitet würdevoll mit dem nächsten Glas durch den Raum.

Was schmeißt du eigentlich immer aus dem Fenster?, fragt Isadora.

Wanzen, antwortet er. Stinkwanzen.

Ach herrje, sagt Isadora. Wisst ihr, als mein Vater ums Leben kam, habe ich im ersten Moment gedacht: *Scheiße, warum ist nicht meine Mutter gestorben?* Ich bin richtig über mich erschrocken.

Wie alt warst du da?

Achtundzwanzig, antwortet sie. Es hat darin gemündet, dass ich eine Analyse angefangen habe.

Ich sollte wirklich mit der Aufarbeitung des Unfalls beginnen, sage ich. Wäre ja auch eine Art von Analyse.

Ich öffne die Kiste mit den Vater-Unterlagen, Briefen, Kondolenzschreiben, Liebesbriefen, die ich aus Mutters Wohnung heimlich zu mir in mein provisorisches Zuhause in einem Abrisshaus im Zürcher Seefeld genommen habe, in das ich eingezogen bin, um in Mutters Nähe zu sein, und das ich bald gegen eine richtige Wohnung tauschen werde. Die Kiste steht unter meinem Schreibtisch, ich lege gern die Füße darauf.

Zürich, den 18. August 1963
Kantonsspital

Tief erschüttert erfüllen wir die schmerzliche Pflicht, Sie vom Tode unseres hochgeschätzten Mitarbeiters

Manfredi del Buono

Dr. med. der Universitäten Bari und Zürich

Oberarzt am Röntgendiagnostischen Zentralinstitut
des Kantonsspitals Zürich

Libero docente in radiologia

in Kenntnis zu setzen. Er starb an den Folgen eines Autounfalles.

Vorgesetzte, Mitarbeiter und Patienten verlieren in Herrn Dr. del Buono einen hochbegabten Arzt, einen liebenswerten Kollegen und einen hingebenden Helfer der Kranken. Er wird uns unvergessen bleiben.

Gesundheitsdirektion des Kantons Zürich
Direktion des Röntgendiagnostischen Zentralinstitutes
und Verwaltungsdirektion des Kantonsspitals Zürich

Die Beerdigung findet statt:
Mittwoch, den 21. August 1963, 10.15 Uhr, im Friedhof Fluntern

Vielleicht findet sich darin etwas über E. T. Die Idee, ihn zu suchen, verfestigt sich. Doch ich grabe nicht tief, blättere unkonzentriert einzig die Papiere durch, die oben liegen. Vielleicht kokettiere ich nur mit der Idee, ihn zur Rede zu stellen?

In der Todesanzeige der Familie gibt es einen Satz, der mich besonders rührt: *Das hoffnungsvolle Leben eines großen Menschenfreundes ist erloschen.*

Eigentlich dachte ich immer, ebenfalls eine große Menschenfreundin zu sein. Aber je älter ich werde und je desolater die globale Situation, desto klarer wird: Die Menschenfreundin ist keine Menschheitsfreundin. Die Menschenfreundin wünscht sich das Ende der Menschheit. Zum Wohl der Tiere, der Natur, des Planeten.

Du hast gut reden, sagt die Freundin, du hast keine Kinder.

Antinatalismus: Antinatalismus ist eine Philosophie, die sich aus ethischen Gründen dafür ausspricht, keine neuen Menschen zu produzieren. Der Begriff leitet sich ab vom lateinischen *natalis, zur Geburt gehörig*. Es gibt ihn aus unterschiedlichen Gründen: bevölkerungspolitischer, klimapolitischer, religiöser, metaphysischer, nihilistischer, moraltheoretischer etc. Antinatalismus.

Der Pronatalismus sei im Kommen, lese ich. Nicht nur in der religiösen amerikanischen Rechten, sondern auch in techaffinen, aufgeklärten Silicon-Valley-Communities. Der Plan sei, so viele gebildete, smarte, modern denkende Kinder zu gebären wie nur möglich. Nur so sei die Welt zu retten. Kinderfluten – nicht zum ersten Mal in der Geschichte: furchterregend.

Dass ich die Letzte dieses Zweigs der Familie bin, gefällt mir. Keine Kinder zu haben bedeutet auch: in Ruhe *abtreten* zu können, wie Mutter sagen würde. *Chasch in Rueh abträtte.*

E. T. hat, so glaube ich mich zu erinnern, die Zeitung verklagen wollen, in der ein Kollege meines Vaters einen erbosten Leserbrief schrieb, nachdem das Gerichtsurteil bekannt gegeben worden war: 200 Franken Strafe für ihn, kein Gefängnis. E. T. fürchtete, man könne ihn im Text erkennen, obwohl nur die Initialen genannt waren. Er empfand das als Rufmord. Mutter sollte als Zeugin vorgeladen werden, was aber abgewendet werden konnte. Vielleicht finden sich die Gerichtsakten oder dieser Leserbrief irgendwo.

Weiter über Schuld nachdenken. Was ist eigentlich mit Arztfehlern? Mit all diesen Medizinern, die Fehldiagnosen gestellt haben, denen Operationen missglückt sind, die gedeckt werden von den Spitälern und Kollegen. Die alles abwimmeln können außer ihrer eigenen inneren Stimme?

Mutter, sie muss einundfünfzig gewesen sein damals, hatte Herzrhythmusstörungen, massive Unregelmäßigkeiten, ich erinnere mich genau, denn ich maß ihr den Puls. Ein ungeheures Durcheinander, Aussetzer, Doppelschläge, das reinste Herzchaos. Sie geht zum Dorfarzt, der früher in Südamerika Landarzt gewesen ist, in der Entwicklungshilfe, so hat man erzählt. Er untersucht sie, macht sogar ein Röntgenbild vom Thorax, sagt: *Sie haben ein sehr großes Herz, Sie müssen sehr sportlich sein? Nicht besonders*, entgegnet die Mutter, *das bisschen Tennis*. Er misst die Blutwerte, sagt, die Arrhythmien seien nervlich bedingt, etwas Baldrian reiche, das beruhige sich schon wieder, die Menschen hier in Europa seien einfach zu zimperlich, da habe er *im Busch unten* anderes erlebt, ernsthafte Erkrankungen, nicht solchen *Gugus*. Mutter ist zu schwach, um sich zu wehren. Zu Hause messe ich wieder ihren Puls, beunruhigende Wirrnis, sie ist komplett verstört. Ich packe sie ins Auto, rase mit ihr ins Krankenhaus, kehre nach Hause zurück, rufe an, erkundige mich. Sie liege auf der Intensivstation, sagt man mir, ein Herzstillstand, noch in der Notaufnahme erlitten, man habe sie in letzter Sekunde *zurückholen* können. Sie werde ins Universitätsspital verlegt, eine *Perikarditis*, der Herzbeutel sei entzündet, der müsse raus, so schnell als möglich, bevor die Entzündung noch stärker auf den Herzmuskel übergreife, Professor Turina mache das. Ich rufe den Dorfarzt an, berichte ihm die Diagnose und frage, was er dazu zu sagen hat. Er weist alle Schuld von sich, wird laut, macht sich lustig über die *degenerierten Erstewelt-leute*. Wochen später schreibe ich ihm einen Brief, auf den er nie reagiert. Mutter überlebt die Operation, aber die Entzündung will einfach nicht weichen, die Ursache ist unklar, wahrscheinlich ein Virus. Bis sie genesen ist, dauert es fast ein Jahr. Sie lebt quasi ohne Herzbeutel, aber jeder Arzt, der später ihren Thorax sieht, erschrickt: so viele Vernarbungen. Das Herz hat sehr gelitten.

Viele Jahre später wird sie erzählen, dass sie damals eine *Out-of-body experience* gehabt habe, sie sei über dem OP-Tisch geschwebt und habe von oben auf die Szenerie geschaut. Das habe sie als vollkommen normal empfunden, unnormal sei einzig gewesen, dass sie, die medizinische Fachfrau, den Ärzten Anweisungen geben wollte, aber niemand sie gehört habe.

C. G. Jung beschreibt in seiner Autobiografie eine solche Erfahrung, die er während eines Infarkts machte: «Es schien mir, als befände ich mich hoch oben im Weltraum. Weit unter mir sah ich die Erdkugel in herrlich blaues Licht getaucht. Ich sah das tiefblaue Meer und die Kontinente. Tief unter meinen Füßen lag Ceylon, und vor mir lag der Subkontinent von Indien. Mein Blickfeld umfaßte nicht die ganze Erde, aber ihre Kugelgestalt war deutlich erkennbar, und ihre Konturen schimmerten silbern durch das wunderbare blaue Licht.»

Mutter hat danach gedacht, dass sie gelassen ihr Leben weiterleben könne, weil auf der anderen Seite Manfredi auf sie warte. Die *Out-of-body experience* habe sie für ein paar Monate in dieser wohligen Sicherheit gewiegt. Später wurde sie wieder so nüchtern wie eh und je: kein Leben nach dem Tod.

Unvermittelt fallen mir zwei Szenen ein, die eine, weil ich an die andere denke. Beide in Berlin-Schöneberg, wo ich damals wohnte. Für beide schäme ich mich. Die eine spielte mitten in der Nacht, ich war Ende zwanzig, kam aus einem Frauenlokal, dem *Die 2*, war müde, ging zu Fuß durch die Motzstraße nach Hause, an einem Vorgarten vorbei, ein Wohnhaus aus der Nachkriegszeit, eingeklemmt zwischen schwulen Bars in prachtvollen Altbauten. Ich hörte Musik wummern und glaubte plötzlich aus dem Gebüsch des Vorgartens eine Männerstimme flüstern zu hören: *HILFE*. Es war dunkel, es war spät, es hätten Sexgeräusche aus dem Darkroom der Bar sein können, irgendwas Masochistisches, aber vielleicht kam es ja doch aus dem Gebüsch, vielleicht lag da einer verletzt. Es war unheimlich, womöglich jemand, der mich in den Busch gezerrt und ausgeraubt hätte. Ich ging weiter (es bleibt mir ein Rätsel, warum ich nicht nachgesehen habe, ob da ein Mensch Hilfe brauchte, warum ich einfach nach Hause ging). Am nächsten Morgen schaute ich nach, kletterte sogar über den Holzzaun, um zu prüfen, ob da noch jemand lag, ob das Gras zerdrückt war, ob es Spuren eines Verbrechens gab; da war nichts.

Die zweite Szene, weniger dramatisch, sehe ich nach Jahrzehnten noch haarscharf vor mir. Ein Sommertag, wahrscheinlich zweite Hälfte der 1990er-Jahre, ein Straßencafé am

Winterfeldplatz. Am Nebentisch zwei beleibte Männer um die fünfzig, breitbeinig in schlecht sitzenden Anzügen dahockend, beide hatten Biergläser vor sich stehen. Der eine blätterte gelangweilt durch den *STERN*, redete zu laut, ein Spruch hier, ein Spruch da, er blieb an einer Bildstrecke hängen, blätterte hin und zurück, zeigte sie dem Kumpel, es waren Schwarz-Weiß-Fotos aus dem Jugoslawienkrieg, eine Doppelseite folgte der anderen. Ich hörte zu, schaute hin, die Reportage handelte von Müttern, die sich prostituierten, um irgendwie durch den Krieg zu kommen. Es waren düstere Aufnahmen, karge Zimmer, matte Gesichter, gezeichnete Körper, der Fotograf hatte sich viel Mühe mit Licht und Schatten gegeben. Plötzlich ein Gebrüll: *Igitt, schau dir die Hängetitten an, sehen ja aus wie mit der Bratpfanne plattgekloppt, wer will die Alte denn vögeln, da mach ich's mir doch lieber selbst.*

Er schaute sich beifallheischend um, coole Socke, würde die Frau nicht vögeln. Ich blickte ihn böse an, mehr fiel mir nicht ein, zu unspontan, zu überrumpelt von der Situation. Er trank einen Schluck Bier, ich stand auf und ging, angewidert, aufgeregt. Bis heute sehe ich immer dieses Bierglas vor mir, ein riesiger Humpen, ich sehe mich, wie ich hinübergehe, ihm genüsslich das Bier in den Schritt fließen lasse, ganz langsam, wie seine graue Anzughose einen dunklen Fleck bekommt, der sich immer mehr ausbreitet, sein Geschlecht sich abzeichnet, sehe ihn, wie er mich fassungslos anstarrt, dann beschimpft, wie er aufsteht, wie alle ihn anglotzen, ihn auslachen, wie er mit dieser stinkenden Brühe zwischen den Beinen zur U-Bahn stakst, ich genieße es, ihn so erniedrigt, so beschämt zu haben, triumphiere, dass er sich benutzt fühlt, gedemütigt, wie die Mütter, die anschaffen müssen im Krieg. Ich träumte von der Szene, viele Jahre tauchte dieser Traum immer wieder auf, und ich schäme mich, dass ich nicht geistesgegenwärtig genug war, es wirklich zu tun, dass ich nur wütend weggestapft bin und nicht punk oder aggro oder feministisch genug war, sondern zu wohlerzogen und brav, um ihn so richtig zu demütigen.

Immer wieder erstaunlich, wie Bücher ihren Weg zu einem finden. Manchmal liegen sie monate- oder jahrelang herum, bevor man sie aufschlägt, und genau dann passen sie zum eigenen Leben wie die Faust aufs Auge.

Aus: Aleš Šteger – NEVEREND

«‹Im Knast gibt es viele Mörder unter uns. Nun, keiner von uns dreien ist einer›, sagt Panfi und räuspert sich laut. ‹Es ist aber vollkommen normal, dass man mit einem Mörder Basketball spielt oder zu Abend isst. Der eine hat den Vater umgebracht, der andere seine Schwester, der dritte seinen Nachbarn, der vierte einen Polizisten in der Bank oder er hat auf dem Zebrastreifen einen Alten überfahren, egal. Die Pointe ist, dass die Toten den Mörder nie wieder loslassen.›

Dioneus fängt bei diesen Worten stark zu rotzen an, zappelt unruhig herum, fährt sich mit den Händen einige Male nervös durch die Haare, mit einem dermaßen verzogenen Gesicht, als würde er jeden Moment in Tränen ausbrechen.

‹In jedem Knast gibt es mindestens so viele Tote, wie es Lebendige gibt›, fährt Panfi fort und säubert sich dabei die Fingernägel, ‹weil jeder Lebendige mindestens einen Toten hat, der ihm die ganze Zeit auf der Schulter sitzt und ihm etwas zuflüstert, sich mit ihm unterhält, ihn ab und zu an den Haaren zieht, in seine Gedanken und Träume dringt, ihn provoziert, quält und vertreibt. Dabei kann man locker durchdrehen. Jeder Mörder weiß, dass er seinen Toten nicht loswird, dass er ihn begleiten wird, wohin auch immer er geht. Hier hilft kein Knast, keine Strafe, keine Reue. Selbst später, wenn er eines Tages entlassen wird, muss der Mörder seinen Toten schön mit sich tragen, in einer Hand ein Köfferchen mit persönlichen Dingen, in der anderen Hand ein lebendiger Toter, die Seele des Ermordeten, die ihn nicht loslassen will. Der Knast ist vor allem deshalb eine Strafinstitution, weil die Toten hier unvergleichlich hörbarer sind. Draußen beschäftigen sich die Menschen, verfallen dem Suff oder versuchen auf eine andere Weise, ihren Toten zum Schweigen zu bringen. Hier im Knast gibt es viel weniger Möglichkeiten. Hier kann man nicht vor seinem Kopf fliehen›, sagt Panfi und schaut zu Fiil, der regungslos vor sich hinstarrt.»

Ob auch E. T. meinen toten Vater mit sich trägt, ob Vaters Seele ihn nicht loslässt? Ein *lebendiger Toter*, der ihn ein Leben lang begleitet hat? Wie hat E. T. versucht, diesen aufmüpfigen Toten zum Schweigen zu bringen?

Gibt es ignorante Mörder?

Fühlen sich all die Menschen da draußen, die *ohne Absicht* jemanden getötet haben, ein Leben lang schuldig? Können sie vergessen? Sich verzeihen? Wie weit funktioniert Verdrängung? Ich erinnere mich an einen Unfall, der während meiner Schulzeit geschah. Ein Vater bringt seinen kleinen Sohn im Auto zur Schule, das Kind steigt aus, geht um den Wagen herum, der Vater legt aus Versehen den Rückwärtsgang ein, der Junge stürzt unglücklich, schlägt den Kopf an der Bordsteinkante an und stirbt. Den Tod des eigenen Kindes verursacht zu haben: sicherlich das Schlimmste.

Wer sagt denn, dass E. T. ein langes Leben vergönnt war? Vielleicht ist er jung gestorben? Vielleicht sogar jünger als mein Vater?

Mutter hatte später nur ein einziges länger dauerndes Verhältnis mit einem Mann, einem Architekten, der Bergrennen gefahren war als junger Mann, bis zu jenem Tag, an dem sein bester Freund eine Kurve verfehlte, die Böschung hinabstürzte und starb. Der Freund meiner Mutter, Fred, verlor seine Liebe zu schönen und schnellen Autos nie. Er und Mutter sind mit seinem blauen *Jaguar E Cabrio* bis nach Barcelona gereist. Einen Sommer lang, ich war damals siebzehn, lieh er uns seinen *Alfa Spider*, er stand Mutter ausgesprochen gut. Sie fuhr dann jahrelang einen *Renault Alpine*, ein eckiger Sportwagen in Dunkelorange, das erste Karbon-Auto überhaupt. In der Schule wurde ich dafür bewundert: Keine andere Mutter saß am Steuer eines so auffälligen Wagens. Ihr Auto hat meinen Attraktivitätsstatus aufgewertet. Ich habe mich nie darüber gewundert, dass Mutter schöne Autos liebt, schließlich ist sie Kunsthistorikerin, eine Frau mit Geschmack. Sogar jetzt, in der Demenz, steigt sie manchmal in die Tiefgarage des Mehrfamilienhauses, in dem sie lebt, hinab und läuft um ihr altes *Fiat Coupé* herum, das sie längst nicht mehr lenken kann. Aber dass es dasteht, beruhigt sie. Sie gehört zu der Generation, für die Autofahren Freiheit bedeutete. Ich leider auch.

Offenbar gibt es in unserer Familie eine Auto-Obsession. Ich finde einen Text, den ich vor ein paar Jahren geschrieben habe, für eine Schweizer Literaturzeitschrift. Das Thema lautete: *Familiengeschichten*. Ich schrieb über: Autos.

VATERLOS (2020)

«Gestern habe ich den Ferrari meines Vaters entsorgt. Der Ferrari war etwas vom wenigen, das ich von meinem Vater noch besaß. Ich habe ihn mit schlechtem Gewissen entsorgt, immerhin war er das Hochzeitsgeschenk meiner Großmutter an meine Eltern gewesen. Erst kürzlich habe ich die Ankündigung meiner Nonna in einem Brief gelesen: ‹*Rimarrai spalordito dal mio generoso dono. Lo amerai.*› Meine Mutter hat oft erzählt, wie aufgeregt mein Vater vor der Hochzeit war: ‹Mama sagt, es sei ein überaus generöses Geschenk. Es ist bestimmt ein Fiat Topolino!› Mit dem Ferrari haben sie nicht gerechnet.

Ich habe den Schimmel weggeklopft und mich ein wenig geekelt. Dann habe ich den Ferrari mit spitzen Fingern zusammengefaltet, in eine große Mülltüte gestopft und die Tüte in den Abfallschacht geworfen. Das schlechte Gewissen wächst stündlich. Ich fantasiere seit gestern, dass ich die Gemeinde anrufe und in den Müllschacht hinabzusteigen verlange, um den beschmutzten Ferrari wieder nach Hause zu tragen.

Es ist so wenig von meinem Vater geblieben, im Laufe der Jahrzehnte wurde es immer weniger, Mutter hat sich in Etappen getrennt.

Als Kind hat mich vor allem sein Rasierapparat fasziniert. Ich habe manchmal den Scherkopf angepustet und die Stoppeln in meiner Hand gehalten wie kostbaren Goldstaub, so war die Farbe der Haare auch: gülden. Die Stoppeln habe ich wieder auf den Scherkopf zu legen versucht, trotzdem wurden es immer weniger. Irgendwann war der Rasierapparat verschwunden, seltsamerweise lagen dann *Gillette*-Rasierklingen in einem vergilbten Päckchen im Badezimmerschrank, sie liegen da noch immer, seit siebenundfünfzig Jahren. Barthaare gibt es keine mehr. Mir kommt oft der Satz von Michel de Montaigne in den Sinn, den Max Frisch in Anbetracht eines verlorenen Zahns zitiert hat: ‹So löse ich mich auf und komme mir abhanden.›

Was Mutter sonst noch aufbewahrt hat:

– Seine Briefe an sie, als sie 1955 in London Au-pair-Mädchen war. Die ersten noch in wackeligem Deutsch, die letzten dann schon ganz ordentlich. Sie muss ihm vom Londoner Nebel geschrieben haben, denn darauf kommt er immer wieder zu sprechen. In Süditalien gibt es wohl keinen Nebel.

- Den Brieföffner im bemalten Lederetui, das auch eine Öffnung für eine Schere enthält. Die Schere ist verschwunden.
- Seine Gitarre.
- Fotos. Am liebsten mag ich das, wo er auf einer Mauer in Cannes sitzt, in weißen Sommerhosen, das Meer im Hintergrund. Die beiden sind heimlich nach Cannes gereist, heimlich heißt: ohne es der Schwiegermutter zu sagen, da sie noch nicht verheiratet waren. Ein Kollege meines Vaters hat eine vorab geschriebene Postkarte von einem Kongress in Wien an die Schwiegereltern geschickt, damit sie glaubten, der Sohn ginge seiner Arztkarriere nach.
- Wissenschaftliche Bücher, die er geschrieben hat, etwa *Die Meniscuslaesion*.
- Einen Briefbeschwerer in Form eines goldenen Hirsches, dem ein Hund an der Kehle hängt. Auf der Unterseite klebt noch ein Papierchen: *Gioielleria Enrico Crizio, Via Sparano 8, Bari*.

Wenn ich ehrlich bin, ist es diese Adresse, die mich am meisten bewegt: VIA SPARANO, BARI. Dafür schäme ich mich. Und ich habe mich immer dafür geschämt. Meine Sehnsucht galt nie meinem verstorbenen Vater, sondern immer nur der Stadt, aus der er stammt: Bari.

Ich war, so entschuldige ich mein Versäumnis der Trauer, einfach zu jung, als er starb, nur acht Monate alt. Ich werde wütend, wenn Leute aggressiv Auto fahren, ich habe schon Freunde anhalten lassen und bin ausgestiegen, wenn sie zu draufgängerisch fuhren, da bin ich gebranntes Kind: Vater ist an einem Autounfall gestorben, er wurde dreiunddreißig Jahre alt. Ein rücksichtsloser junger Mensch hat ihn umgebracht. Es trifft mich, dass mein Vater sein Leben nicht leben konnte, so viel verpasst, so vieles nicht gesehen hat. Es tat mir immer leid für ihn. Aber ich vermisste ihn dennoch nicht. Eine vaterlose Kindheit bedeutete für mich nichts anderes, als mit Mama allein zu sein. Es war sehr schön, mit Mama allein zu sein. Das rothaarige Kind an der Hand dieser dunklen, eleganten Frau, die ihr Leben mit so viel Würde durchzog. In den Sechzigerjahren war es ungewöhnlich, dass eine attraktive junge Witwe nicht wieder heiratete, auch in den Siebzigerjahren noch, darüber wurde getuschelt. Ich habe gehört, wie man sagte, mit meiner Mutter stimme etwas nicht, sie sei hochnäsig, fühle sich als etwas Besonderes, weil sie keinen Mann an ihrer Seite wolle.

Ich war das einzige Kind in der Grundschule, das keinen Vater zu Hause hatte. Irgendwann kam Suzanne dazu, ihre Eltern hatten sich scheiden lassen und sie lebte bei der Mutter, von der es hieß, sie trage bestimmt die Schuld am Scheitern der Ehe, eine ganz Anrüchige, eine Amerikanerin, und überhaupt: Welche anständige Frau nannte ihr Kind schon Suzanne mit z?

Vaterlos zu sein war für mich, wie gesagt, kein Manko. Dass es keines war, wollte aber niemand glauben. Irgendwann merkte ich, dass männerlos zu sein für meine Mutter auch kein Manko war, sie hatte ihre Liebe gehabt, sie wollte keine andere. Wir sprachen kaum über den Vater. Das lag nicht an ihr, sondern an mir. Ich konnte den Schmerz in ihrem Gesicht nicht ertragen, wenn sie von ihm sprach. Ich mied das Thema geradezu panisch. Sie dachte wohl, ich wolle nicht über ihn sprechen, weil es für mich zu schmerzhaft sei. Wir haben das Missverständnis niemals aufgeklärt. Über Gegenstände wie den Ferrari konnten wir irgendwann scherzen. Der Ferrari, der jetzt im Müllschacht eines Tessiner Dorfes liegt, war ein Teppich, ein überaus kleiner und angeblich kostbarer Teppich. Mein erster Hund hat eine Ecke abgekaut. Die Katzen haben ihre Krallen daran gewetzt. Dass der Ferrari jetzt einem Wasserschaden zum Opfer gefallen und verschimmelt ist, habe ich Mutter verschwiegen. Sie würde es nicht mehr verstehen. Sie geht den Weg des Vergessens. Sie vergisst den Ferrari, den Vater, manchmal vergisst sie auch mich. Zuzuschauen, wie die Mutter, so wie ich sie kannte, nach und nach verschwindet, schmerzt mich wirklich. Noch weiß ich nicht, was es bedeutet, eines Tages das zu sein, was viele Menschen schon sind: mutterlos.»

Vaterlosigkeit: Nach dem Zweiten Weltkrieg war ein Viertel der Kinder in Deutschland vaterlos, da ihre Väter getötet, vermisst oder in Kriegsgefangenschaft geraten waren. Die Besatzungskinder nicht zu vergessen. In den folgenden Jahrzehnten änderten sich die Gründe für die Vaterlosigkeit: Nicht mehr der Tod des Vaters, sondern die Trennung der Eltern wurde die Hauptursache.

Während der Gymnasialzeit gab es in unserer Klasse außer mir nur zwei Jungs ohne Vater daheim. Der eine wurde mein bester Freund (bis heute), der andere meine erste große Liebe (für zwei Jahre). Bei beiden war ich oft zu Hause, beim besten Freund lieber als bei der großen Liebe, weil dessen Mutter mondän und gelassen und mir gewogen war, was man von Zweiterer nicht behaupten konnte. Die Mutter des besten Freundes sprach nie über ihren Ex-Mann, die andere schimpfte ständig über ihren, dadurch herrschte in beiden Haushalten eine unterschiedliche Stimmung. Fremd war mir nur das Gezeter, urvertraut aber das Schweigen, dieser Mann existierte einfach nicht. Jahre später erzählte der Freund von den wenigen Malen, die er den Vater aufsuchen musste, eine angstbesetzte Tortur, sich jemandem auszuliefern, der grausam und verächtlich ist. Anders der Vater der ersten großen Liebe, ein Genussmensch, keinesfalls bösartig, verschwenderisch, ein Luftikus, aber mit Herz. So oder so: Beide Mütter haben sich mir eingeprägt als eigensinnige Frauen, so wie meine. Geheiratet haben sie alle drei nicht mehr.

IM KAFFEEHAUS 3 (über Vaterlosigkeit):
Wann starb dein Vater … 1963?, fragt Isadora.

Ich nicke.

In dem Jahr erschien Mitscherlichs *Vaterlose Gesellschaft*. Immer, wenn's um Vaterlosigkeit geht, wird er zitiert, aber was da überhaupt drinsteht …?, sinniert sie.

Es geht um die Entmachtung der Väter, erklärt Henri, um ihre Abwesenheit in der modernen Welt, auch der Arbeitswelt, um die Suche nach Ersatzvätern. Ich habe mich damit beschäftigt, ich war ja vaterlos. Ziemlich lang auf jeden Fall.

Wie, ziemlich lang?

Ich war sechzig, als ich meinen Vater kennenlernte.

Sechzig!

Und er achtzig.

Das ist ja ein Ding, sagt Isadora.

Ich war ein uneheliches Kind. Meine Mutter war neunzehn, mein Vater zwanzig, als sie schwanger wurde, das war kurz nach dem Krieg, die waren ja nicht aufgeklärt damals. Mein Vater wollte sich nicht wegen eines Kindes an eine Frau binden. Später wurde meine Schwester geboren, auch sie war unehelich, allerdings von einem anderen Mann, man hatte Mutter gewarnt vor ihm, aber da war's schon zu spät. Der wollte das Kind mit einer Stricknadel abtreiben, was nicht klappte. Mutter hat uns beiden verschwiegen, wer unsere Väter sind.

Ihr lebtet also ohne Mann?

Wir wohnten bei Großmutter und Großvater im Haus.

Großväter sind raus aus dem Konflikt, sagt Isadora. An denen arbeitet man sich nicht ab.

Der sehnlichste Wunsch meiner Mutter war, zu heiraten, zu sein wie alle anderen Frauen. Aber sie war anders. Viel flotter, sehr attraktiv, mit lackierten Nägeln, Perlonstrümpfen und so, die anderen waren Muttis wie aus dem Bilderbuch, mit nach hinten gebundenen Haaren, Dutt, Schürze. Als ich dreizehn war, hat sie tatsächlich geheiratet.

Wenn die Mutter keinen Partner hat: Was ist das Kind dann für sie?, fragt Isadora.

Henri und ich schauen uns an.

Ich sage: Ich musste stark sein wie ein Kerl, damit Mama nicht allein ist auf der Welt.

Henri sagt: Ich dachte lang, so ein *Schweinekram* wie Geschlechtsverkehr hat meine Mutter nicht gemacht. Es war ein wirkliches Mysterium, wie ich zustande gebracht worden war.

Du glaubtest an die Jungfrauengeburt?, frage ich.

Das ist der Urödipus! Isadora ist begeistert.

Wir hatten doch keine Ahnung und aus Straßengesprächen konntest du nichts Positives ziehen. Ich erinnere mich etwa an einen gekritzelten Spruch an der Umkleidekabinenwand im Schwimmbad: *Die Fotze ist kein Radio, sie spielt auch keine Lieder, sie ist nur ein Erholungsort für steif gewordene Glieder.*

Dass du das nach über sechzig Jahren noch weißt!, rufe ich.

Nicht weiter erstaunlich, sagt Isadora – weil er es nicht verstanden hat. Drum denkt man drüber nach. Und vergisst es nicht.

Wir schweifen ab, zurück zur Vaterlosigkeit bitte, sage ich. Ihr wisst, ich habe meinen nicht vermisst.

Ich meinen schon, sagt Henri. Ein Leben lang habe ich von älteren Brüdern und Männern geträumt. Meine Mutter hat sich wirklich bemüht, mit mir Drachen steigen zu lassen, aber dann hat die Thermik nicht gestimmt …

Wir lachen.

Ich habe irgendwann aufgehört, den Leuten zu beteuern, dass mir der Vater nicht fehlt, sage ich. Sie haben es mir sowieso nicht geglaubt und lieber an ihrem Mitleid festgehalten. Halbwaise zu sein war meine Realität und damit war ich allein.

Es gab diesen Nachbarn in unserer Hausgemeinschaft, dessen Eltern bei einem Autounfall starben, als er noch ein Kind war. Gleich beide aufs Mal, eine noch größere Tragödie als meine, der arme Knabe, doppelt verlassen. Ich fühlte mich ihm auf eine spezielle Art verbunden, empfand uns als Schicksalsgemeinschaft, die uns von den anderen unterschied, dachte, wir hätten ein tiefes Verständnis füreinander (im Nachhinein denke ich peinlich berührt: Kumpanei meinerseits). Ich wollte mit ihm darüber reden, doch er verweigerte das Gespräch, lenkte ab, winkte ab, seufzte nur und sagte: *Ach Zuzie* (er nannte mich Zuzie und ich ihn Franzl). Wir wohnten viele Jahre im selben Haus. Eines Tages die Nachricht: Franzl hat sich das Leben genommen, kein spontaner Suizid, sondern ein langfristig geplanter (ein halbes Dutzend Abschiedsbriefe lag auf seinem Tisch, die Wohnung hatte er vorsorglich geräumt, sehr penibel alles). Im Zuge dieser Schreckensmeldung kamen Wahrheiten ans Licht, die wir kaum glauben mochten, er hatte ein Leben gelebt, das auf Lügen basierte. Die Eltern waren nicht zusammen im Auto gestorben, sie waren überhaupt nicht zusammen gestorben. Die Mutter war einer Krankheit erlegen, der Vater abgehauen. Warum erfindet einer eine so krasse Lüge? Warum kann er nicht sagen, mein Vater, dieser Sack, hat uns hocken lassen und meine Mutter ist wirklich elend gestorben, was mich als kleinen Jungen gnadenlos überfordert hat. Warum diese melodramatische Inszenierung? Ich habe mich verraten gefühlt; einem Pakt aufgesessen, der keiner war.

Auch der Vater einer ehemaligen Geliebten ist bei einem Autounfall ums Leben gekommen. Sie war etwas älter als ich, als es passierte, konnte sich an den Vater vage erinnern. Der große Unterschied: Ihr Vater hatte die Kontrolle über sein Auto verloren, war zu schnell gefahren, mit einem Pfahl kollidiert und auf der Stelle tot, Alkohol war mit im Spiel. Niemand außer ihm war zu Schaden gekommen. Für die Hinterbliebenen (Mutter und drei Kinder) eine andere Art der Trauer, denn ihm konnte man Vorwürfe machen. Warum bist du besoffen gefahren? Warum hast du uns verraten und verkauft (ein Lieblingsausdruck der ehemaligen Geliebten: *verraten und verkauft*)? Es war eine anrüchigere Witwenschaft als die meiner Mutter: den (Lebe-)Mann nicht im Griff gehabt.

In der Zeitschrift *ERNST* erscheint ein Interview mit Boris von Heesen, Autor des Buches *Was Männer kosten*. Ein Auszug:

Von Heesen: «Die Frankfurter Drogenhilfe-Statistik, die ich mir als Erstes vornahm, wies einen Anteil von 85 Prozent Männern als Klienten aus, denen 15 Prozent Frauen gegenüberstanden. Ich schaute mir überhaupt das Feld der Süchte an, wo beim Glücksspiel zu fast 90 Prozent die Männer betroffen sind: beim Alkohol sind es zu 75 Prozent die Männer. Ich habe mir den Verkehrsbereich vorgenommen und stieß auf erschreckende Zahlen; ebenso im Bereich der Kriminalität. (Im Knast sitzen zu 94 Prozent Männer und nur 6 Prozent Frauen. Warum wird darüber so wenig geredet?)»

ERNST: «Reicht allein die Kategorie Mann aus? Muss man nicht auch genauer in die sozialen Milieus schauen? Ich vermute mal: Niemand, der Kierkegaard liest, ist Autoraser, oder?»

Von Heesen: «Da würde ich widersprechen: Gerade im Autobereich sind alle Milieus vertreten. 80 Prozent der Verkehrs-Strafpunkte, die in Flensburg schlummern, gehen auf männliche Konten.»

Seltsam, dass mir dieser Gedanke so fern lag: Für weitaus die meisten Verkehrstoten sind Männer verantwortlich.

Zwischen Ordnern in Mutters Schrank findet sich in einer Klarsichtfolie eine vergilbte Zeitungsdoppelseite von 1964, es ist der gesuchte Leserbrief mit dem Titel *Bemerkungen zu einem Gerichtsurteil.* Heutzutage würden derart lange Leserzuschriften nicht mehr abgedruckt, er ist beinah eine halbe Seite lang. Eine gekürzte Fassung:

«Im August letzten Jahres überholte E. T. mit einem schweren Chevrolet auf einer St. Galler Staatsstraße in einer Rechtskurve mit einer Geschwindigkeit von 110 Kilometern pro Stunde (!) ein vor ihm fahrendes Fuhrwerk. Dabei beobachtete E. T. nicht oder zu spät einen entgegenkommenden Wagen. Es kam zur Kollision, wobei die korrekt fahrenden Insassen des Gegenfahrzeuges schwer verletzt wurden. Der eine der Verletzten war ein junger Arzt des Kantonsspitals Zürich. Dieser wegen seines vorzüglichen Charakters beliebte, im Beruf überaus tüchtige, für den akademischen Nachwuchs hoffnungsvolle Mensch starb in der Woche nach dem Unfall an den Folgen der schweren Verletzungen.

Das Urteil im Falle des E. T. ist nun bekannt geworden. ‹Der angeschuldigte Automobilist wird der fahrlässigen Tötung schuldig erklärt und zu zwei Monaten Gefängnis sowie zu einer Buße von 200 Franken verurteilt. Dem Verurteilten wird Rechtswohltat des bedingten Strafvollzugs gewährt.›

Vieles ist merkwürdig an diesem Urteil und unverständlich. Nach fünf Monaten Fahrbewilligungsentzug läßt der Richter einen jungen Autofahrer wieder auf die Menschheit los, einen Autofahrer, der in den ersten zwei Monaten nach seiner Fahrprüfung zwei Unfälle verursacht hat. Man läßt einen Fahrer wieder weiterfahren, der einen alten, billig erstandenen, protzigen Occasionswagen (Chevrolet – 2200 Franken) nicht zu unterhalten vermag oder unterhält: Die Bremsbeläge des den Unfall verursachenden Fahrzeuges waren stark abgelaufen, an verschiedenen Stellen sogar auf die Nieten abgeschliffen. (Auf dem Unfallort fehlten dementsprechend auch Bremsspuren des Chevrolets.)

Man läßt einen Autofahrer, lächerlich bestraft, unbehindert weiterfahren, der bei den Gerichtsverhandlungen unbedenklich

Unwahrheiten erzählte. Man läßt einen jungen Mann weiterfahren, der seit seinem Lehrabschluß sechsmal seine Stelle wechselte, wie er auch schon viermal den Occasionswagen gewechselt hat, wobei er einige dieser Wagen besaß und benützte, noch ehe er die Fahrprüfung absolviert hatte.

An diesem Mann ist doch sicher etwas defekt. Warum hat man im Fall des E. T. kein Exempel statuiert? Ein Exempel, daß Charakterdefekte verkehrsunfähig sind und mit einem Fahrzeug nicht auf die Straße gehören. Man ist nach dem Studium dieser Gerichtsakten von der schweizerischen Rechtsprechung in Straßenverkehrsangelegenheiten enttäuscht – tief enttäuscht. Auf diese Weise wird man dem Massenmord auf der Straße, verursacht durch großsprecherische, rücksichtslose, unverantwortliche, charakterdefekte, unvorsichtige Fahrer niemals Einhalt gebieten können.

Merkwürdig mutet den juristischen Laien schließlich auch die Tatsache an, daß bei einer Gerichtsverhandlung mit so gewichtigem Inhalt (fahrlässige Tötung eines hochstehenden Menschen) der öffentliche Ankläger, das heißt der Staatsanwalt, nicht anwesend war. Erschien ihm der Fall als zu unbedeutend? Wäre der Staatsanwalt an die Verhandlungen gekommen, hätten sich der Beklagte und sein Anwalt vielleicht unwürdiger, die Ehre der Richter verhöhnender Meinungsäußerungen enthalten.»

Gedanke einer juristischen Laiin (und Staunen über die Terminologien vor sechzig Jahren: *defekte* vs. *hochstehende Menschen*): Vielleicht erschien dem Staatsanwalt «der Fall als zu unbedeutend», weil das Opfer Italiener war, *än Tschingg*, der Unfallverursacher aber ein Lokaler, *än Iiheimische*?

Tschingg: In der Deutschschweiz ursprünglich abwertende Bezeichnung für Italiener, heute oft ironische Selbstbezeichnung, gern im Diminuitiv: *Bin halt äs Tschinggeli.* Das Wort stammt vom Lombardischen *cinch* «fünf» ab und geht auf den im italienischen Fingerspiel *Mòra* vorkommenden Ausruf *cinch a la Mòra* zurück, bei dem der Verlierer in der Bar eine Runde ausgeben muss. Daraus wurde dann Schweizerdeutsch *Tschinggelemoore* oder eben *Tschingg*.

Als ich acht war, lag eine Baustelle auf dem Weg zum Schulhaus, ich ging jeden Tag viermal dran vorbei (wir Kinder mussten über Mittag nach Hause, wo die Mütter mit dem Essen warteten – außer meine, die war arbeiten und hatte etwas vorbereitet; ich war ein Schlüsselkind, der Wohnungsschlüssel baumelte tatsächlich an einer Schnur um meinen Hals). Es war die Zeit der sogenannten *Überfremdungsinitiative,* lanciert vom rechtsgerichteten Nationalrat und Verleger James Schwarzenbach, einem vermögenden Textilindustriellensohn, der mit der *Nationalen Aktion* die erste fremdenfeindliche Partei im Nachkriegseuropa gegründet hatte und dessen jung verstorbene, legendäre Schriftsteller-Cousine Annemarie ich später verehren sollte. Das Volksbegehren forderte, der Ausländeranteil in der Schweiz dürfe maximal zehn Prozent betragen, was bedeutet hätte, dass über dreihunderttausend *Gastarbeiter* das Land hätten verlassen müssen. Sechs Millionen Menschen wohnten in der Schweiz, darunter fast eine Million Ausländer, die Hälfte von ihnen Italiener, viele sogenannte *Saisoniers*, die nur neun Monate im Land arbeiten durften und die Familien in Italien zurücklassen mussten, Integration war ausdrücklich nicht erwünscht. Es hieß, die Italiener nähmen den Schweizern nicht nur die Arbeit, sondern auch die Frauen weg (was in unserem Fall ja stimmte). Sie wurden *Tschingg* oder *Spaghettifresser* geschimpft, ich kannte die Wörter genau, der Slogan der Nationalen Aktion lautete *SCHWEIZER ERWACHE*; so viel Hass überall. Auf der Baustelle stand eine gelbe Holzbaracke, in der die Arbeiter nicht nur Pause machten, sondern auch nächtigten. Es war Winter, es war oft dunkel, wenn ich an der Baracke vorbeiging, innen brannte Licht und ich sah die Männer rauchen und essen und gestikulieren, manchmal sangen sie sogar, einer spielte Gitarre; alle sprachen Italienisch, die meisten Dialekt, und mir war ganz heimatlich zumute. Die Sehnsucht nach Bari, nach dem Haus der Großeltern, wurde übergroß. Die Arbeiter waren Süditaliener, *terroni*, Erdfresser, so nannten die Landsleute aus dem Norden sie. Die Schwarzenbach-Anhänger hatten gute Arbeit geleistet, obwohl das Gesetz letzten Endes scheitern sollte, die Schweizer Männer lehnten es mit 54 Prozent ab (die Frauen durften erst im Jahr darauf an die Urne), im Berner Bundesparlament stimmte nur ein Einziger für die Initiative: Schwarzenbach selbst. Aber das Klima hatte sich über die Jahre aufgeheizt, das merkte auch ich, das Kind mit dem italienischen Namen, dem nicht existenten italienischen Vater, geboren als *Tschinggemeitli*, später dann eingebürgert. Es gab Schulkameraden, die warfen Steine an das Barackenfenster, brüllten *SAUTSCHINGG SAUTSCHINGG SAUTSCHINGG* und rannten giggelnd davon, wenn die Tür sich öffnete und einer der dunkelhaarigen Bauarbeiter die drei Stufen herabstieg. Schlimmeres passierte nicht. Und doch: Es war meine erste bewusste Erfahrung mit Fremdenfeindlichkeit, Verachtung und Demütigung. Ich wurde immer aufgeregter im Laufe der Wochen, mein Mitleid mit den Männern immer größer. Eines Abends setzte ich mich hin und formulierte mit Buntstiften ein ganz ernstes Brieflein, die ersten zwei Wörter lauteten: *Cari Signori*. Danach wechselte ich auf Deutsch. Ich schrieb, dass es mir leidtue, dass die Bauarbeiter schlecht behandelt würden, und dass nicht alle Schweizer böse seien. Ich entschuldigte mich gewissermaßen für die ganze Nation. Das Brieflein klemmte ich frühmorgens heimlich (die Angst, dass Schüler mich beobachten könnten, war größer als die Angst vor den Arbeitern) in eine Ritze am Fenster. Als ich aus der Schule nach Hause ging, klemmte es da noch immer, am Abend und am nächsten Morgen ebenso. Erst an Tag drei war es verschwunden. Wer es gefunden und gelesen hat, weiß ich nicht. Aber die Stimmen der Männer schienen mir fröhlicher zu klingen als früher, ihre Augen strahlender zu leuchten – es war die totale Hybris meinerseits: Menschen waren wegen mir glücklich geworden.

Ein Jahrzehnt später bewarb ich mich in einem Restaurant als *Serviertochter* für die Wochenendveranstaltungen. Wir waren mehrere Klassenkameradinnen, die dort jobben wollten, nur mir wurde abgesagt, ich erinnere mich an die Worte des Wirts, nachdem ich meinen Namen genannt hatte: *Ich stell kei Usländer ii, Tschingge scho gar nöd.* Und daran, dass er den Hörer aufgeknallt hat.

Wenn ich an Bari denke, seh' ich das Haus der Großeltern vor mir, nicht von außen, denn von außen ist es ein modernistischer Klotz, dessen elegante Schönheit ich erst als Erwachsene verstanden habe, sondern von innen: Ich sehe die glänzenden Materialien, sehe mich das polierte Messinggeländer in der Halle hinabrutschen, was verboten war, ich sehe die Terrazzoböden, die Travertinwände, den Mailänder Kronleuchter (*das Art-Deco-mostro*, wie der Nonno scherzte), ich sehe dieses riesige Haus, mehr als zwanzig Zimmer, eins davon war für Mama und mich reserviert. Das Haus liegt beinah am Bahnhof von Bari, unser Zimmer ging zu den Gleisen hinaus. Ich sehe das Licht der Züge durch die halb geschlossenen Fensterläden über die goldfarbene Tapete mit dem geometrischen Muster ziehen, was neue Muster ergab, natürlich höre ich das Rattern der Züge, Züge waren laut damals, ich sehe mich durch ein Schlüsselloch linsen und da sitzen Menschen an Spieltischen, rauchend, lachend, streitend (es wurde dauernd politisiert, all die Kommunisten), sie würfeln, mischen Karten. Das ist verwegen, da passieren

Dinge, die ich nicht verstehe, es wird auch um Geld gespielt, mein liebster Tisch aber ist der Billardtisch. Wenn ich bei Tageslicht in diesen Raum ging, roch er nach kaltem Rauch, und alles sah ordentlich aus, als ob es nur meine Geister der Nacht gewesen wären, die da tobten, und nicht das echte Leben. Ich sehe mich die Diätschokolade meiner Großmutter stehlen, Nonna Zora war Diabetikerin, wir haben die Schokolade aus der Schweiz mitgebracht. Diese Schokolade schmeckte anders als andere Schokoladen, die war nicht richtig gut, aber mir gefiel ihre Schwärze. Ich sehe das Klavier mit den Kerzenhaltern und den abgebrannten Kerzenstümpfen in der Halle, die raumhohe Bibliothek aus Zitronenwurzelholz, dieses Haus war ein dicht gefüllter Kosmos für uns zwei Schweizerinnen, die aus einer niedrigen Zürcher Mansardenwohnung mit misstrauischen Hausbesitzern in den Süden kamen mit all seiner *grandezza*. Ich durfte mit den Hausmädchen auf den Markt, es gab zwei, die eine war blond und schön und groß, eine Slowenin, die Männer waren verrückt nach ihr, dauernd pfiff einer hinter ihr her und sie schüttelte aufreizend das Haar, die andere war klein und rund und lustig, ich liebte beide sehr. Ich sehe den Fischmarkt, den Gemüsemarkt, ich sehe scharrende Pferde, sehe die groben Hände der Fischweiber und Bauern, die vom Land in die Stadt hinein kommen. Und Schuhputzer, die vor den bessergestellten Männern knien und ihre Schuhe polieren. Bari war so roh einerseits, andererseits so gepflegt, das italienische Großbürgertum von einer Eitelkeit, von einer selbstgewissen Nonchalance, wie ich sie aus Zürich nicht kannte. Gemerkt hat man das am besten, wenn man einkaufen ging, Stoffe in der Via Sparano, damit die Nonna Kleider nähen konnte oder der Schneider. Edle Stoffe in Ballen weit oben, auf Leitern sind die Verkäufer hochgekraxelt und haben die Ballen runtergebracht und die Nonna hat sie ausgesucht, und ich erinnere mich an diese Stoffe in den Händen, dicke mit Pailetten oder grobe oder auch blanke, damit sie sie selber besticken konnte, all diese Sachen erinnere ich gut, und ich weiß auch, dass man durch Bari nicht gehen konnte abends mit einem Goldkettchen um den Hals, weil da diese Jungs auf ihren Vespas durch die Stadt sausten, die einem die Ketten vom Hals rissen, weswegen die Baresinnen kaum Halsschmuck oder Ohrringe trugen, und bei uns, der Arztfamilie, kursierten die Erzählungen von den Verletzungen, und tatsächlich war eine Frau so zu Tode gekommen, die Halsschlagader hatten ihr die Diebe aufgeschlitzt aus Versehen, und das war schon aufregend, in Zürich passierten solche Dinge nicht. Ich sehe die Palmen im Nachthimmel schwanken, die Laternen am Lungomare, die ein trübes Licht auf Männer an den Quaimauern werfen, ich erinnere mich an das Meer überhaupt und seinen Geruch, der durch die ganze Stadt zog, an den Geruch der Orangenbäume bei uns im Garten, vor allem nachts, wenn wir Kinder noch im Garten toben durften, an den Wohnwagen des Onkels, der wegen seiner Multiplen Sklerose das Haus kaum verlassen konnte und dessen Privatrefugium der Wohnwagen im Garten war, den er sich ausgebaut hatte, es aber bald nicht mal mehr bis dorthin geschafft hat, so haben wir Cousinen diesen Wohnwagen übernommen, die andere Zora, Elena und ich. Das sind die Dinge, die ich von Bari am stärksten erinnere, mal abgesehen vom Essen, von der Küche, von diesem riesigen Tisch im Vorraum, auf dem wir Panzerotti formten und Gemüse schnetzelten, wir, also die Hausmädchen und ich, nicht die Nonna, die Nonna kam rein und kontrollierte unsere Arbeit, sie war die Königin dieses Hauses, und doch hat sie Mama und mich mit einer immensen Wärme empfangen, weil ich das Kind des geliebten Sohnes war, des verlorenen, ich kannte die Nonna nur in Schwarz, sie hat nie wieder Farbe getragen, nachdem Vater gestorben war. Was ich aber auch erinnere, sind die Flüge nach Italien, in einer Zeit, als kaum jemand flog, Ende der 1960er-Jahre. Als die Piloten noch die Cockpittüren offen ließen während der Reise, damit die Passagiere hineinschauen konnten, eine höchst vertrauenserweckende Angelegenheit. Und ich als Kind, vielleicht vier oder fünf Jahre alt, rot gelockt und zweisprachig, durfte während des Flugs ins Cockpit. Ich erinnere mich genau an jenen Flug von Bari nach Rom in einer DC 6, auf dem Schoß des Piloten sitzend, irgendeinen Hebel in der Hand, von dem der Pilot sagt, ich solle ihn nach vorne schieben, dann gingen wir runter, und wieder nach hinten ziehen, dann gingen wir hoch, und wie ich gemerkt habe, dass das Flugzeug macht, was ich vorgebe, ein irrsinniges Gefühl war das, Freiheit und Macht, und ich dachte, Pilotin sei der einzig wahre Beruf auf der Welt.

Gespräch über das Gedächtnis mit Freund Tom, dem Neuroradiologen. Mit jedem Erzählen wird Geschehenes neu memoriert. Das Ur-Ereignis kann gar nicht mehr so erinnert werden, wie es war. E. T. wird sich den Unfall immer wieder selbst erinnert haben, immer einen Hauch anders. Vielleicht fühlt er sich überhaupt nicht schuldig, weil sich seine Erzählung im Laufe der Zeit zu seinen Gunsten verändert hat.

Auf der Fahrt ins Engadin spontan bei Uznach von der Autobahn abgefahren, jetzt, wo nach der Lektüre des Leserbriefs des Kollegen meines Vaters klarer ist, wo genau der Unfall war. Von Norden kommend gibt es drei Rechtskurven. Die erste zwischen zwei Hügeln, plötzliche Enge, Erinnerungen an Vermont. In den beiden anderen steht je ein Restaurant. Ich weiß nicht einmal, ob der Unfall frühmorgens war oder nachmittags, ob Gäste das Krachen der Autos gehört haben, rausgerannt sind, geschaut haben, was da passiert ist; Fassungslosigkeit am Straßenrand.

Die Freundin, die gesteht: *Verwende das bitte nie gegen mich, aber ich bin auch eine von denen, die an Unfallstellen sagt: Fahr mal langsamer.*

Cousine Zora (Zorina) aus Bari hat die Anekdote parat, dass Vater und Mutter sich gestritten hätten beim Abschied in

Davos, wo sie Sommerferientage mit Mutters Bruder verbracht hatten. Sie mit mir auf dem Arm, Vater mit seiner Arbeitsmappe in der Hand, beide erbost wegen irgendetwas: dass das Mutters letztes Bild von meinem Vater gewesen sei, ein Gekeife wegen einer Nichtigkeit, und dass sich Mutter deswegen ein Leben lang schlecht fühlte. Ich habe diese Geschichte vorher nie gehört, weiß nicht, ob die Fantasie der Cousine mit ihr durchging (das Gedächtnis wieder) oder ob meine Mutter versuchte zu verdrängen und deswegen nie davon sprach.

Etwas Zweites fällt mir ein, aber auch das könnte ein Trugbild sein, die Selbsterzählung eines Kindes. Ich hätte Fieber gehabt und Mutter habe gesagt, mit einem kranken und schreienden Baby wolle sie nicht reisen, das sei für alle zu anstrengend, sie würde mit mir noch ein, zwei Tage in Davos bleiben und dann den *Fiat* nach Hause fahren, Vater solle doch im *Käfer* mitreisen, was alle eine gute Idee fanden: Vater würde pünktlich zum Frühdienst im Spital sein, bequem chauffiert vom jungen Schwager.

Schulfreund Manu ist Anwalt. Er schreibt, er könne mir helfen, E. T. zu finden. Irgendwann gibt es kein Zurück mehr.

Auffallend: Wenn ich jemandem von meinem Vorhaben erzähle, den Töter meines Vaters zu finden, passiert stets dasselbe: Das Gegenüber zuckt kurz zusammen. Und jedes

Mal erkenne ich den Schrecken im Gesicht. Und jedes Mal denke ich, mein Gegenüber erschrickt nicht etwa aus Zuneigung zu mir, weil es fürchtet, ein Zusammentreffen mit dem Mann könne für mich schmerzhaft, frustrierend oder ernüchternd sein. Sondern aus Mitleid mit diesem Menschen: *Du kannst einen Greis doch nicht mit dieser uralten Geschichte behelligen.* Vielleicht unterstelle ich das meinen Gegenübern nur. Aber ich glaube nicht.

Nachschlagen, ob es das Wort *Töter* eigentlich gibt (von Mörder zu reden ist schlicht falsch und Unfallverursacher klingt so technisch). Im Duden steht bei *Häufigkeit*: «selten». Selten bedeutet: «Das Wort ist durchschnittlich seltener als ein Mal in einer Million Wortformen des Dudenkorpus belegt.» Der Online-Duden führt auch die fünf Wörter im Alphabet vor und nach dem Töter auf. Davor: «Totenvogel, Totenwache, Totenwäscher, Totenwäscherin, Toter.» Danach: «Töterin, Toterklärter, Toterklärte, Totes Meer, totfahren.»

Noch nie am Toten Meer gewesen. Diese Weltgegend nicht bereist zu haben, ist eine arge Bildungslücke.

Der Totenvogel: In Europa ist häufig die größte Eule, der Uhu, damit gemeint. Er ist nachtaktiv, sein *buho* klingt wie ein Ruf aus der Unterwelt, Menschen finden das unheimlich. Schon bei den Römern war er Bote des Todes, Vergil etwa beschreibt ihn, als die von Aeneas verlassene Königin Dido sich zum Suizid entschließt (mit Aeneas' Schwert): «Allein auf dem First des Tempels sitzend singt ein Uhu immer wieder sein Totenlied und stößt lange, weinende Rufe aus.» Auch der kleinere Waldkauz galt im Mittelalter als Totenvogel, oft hielt er sich in der Nähe Sterbender auf, und sein Ruf *Ku-witt* wurde als *Komm-mit* (ins Jenseits) verstanden. Dass es den Waldkauz zu den Häusern Sterbender zog, lag allerdings nur an dem Licht, das während der Nachtwachen am Bett zu brennen hatte und Nachtfalter und anderes fressbares Getier anlockte. Das Steinkäuzchen hatte denselben Ruf, aber wenigstens wurde es alternativ *Kirchenhuhn* und *Leichenhuhn* genannt (was recht lustig ist).

IM KAFFEEHAUS 4 (über den Tod):
Ich habe mehrere Patienten, die in dem piependen Vögelchen am Fenster einen kürzlich Verstorbenen erkennen, sagt Isadora. Das Vögelchen klopft an die Scheibe, hüpft auf der Fensterbank hin und her, äugt ins Zimmer, und die Leute sind sich sicher, dass es die tote Oma oder Freundin ist, die aus dem Jenseits zu ihnen spricht.

Und was sagst du dann?

Ich nicke, höre interessiert zu. Ich kann ja nicht wissen, ob es nicht stimmt, sagt Isadora.

Du glaubst, dass Menschen in Vögel reinkarnieren?, fragt Henri verblüfft.

Ich glaube gar nichts, aber wer bin ich, zu behaupten, es kann so nicht sein.

Isadora, du denkst nicht ernsthaft, dass es ein Leben nach dem Tod gibt?

Aber unbedingt! Das hier kann nicht alles gewesen sein!

Wir sind erstaunt. Henri und ich sagen unisono: Tot ist tot.

Das mit den Vögeln ist natürlich albern, gibt Isadora zu, aber ich bestätige die Leute in ihrer Wahrnehmung, frage, ob der Verstorbene ein spezielles Verhältnis zu Spatzen oder Krähen hatte. Da darfst du nichts bewerten, da musst du die Schnauze halten.

Wir schweigen.

Erinnert ihr euch, sagt sie schließlich, dass ihr mich nach einem Mörder als Patienten gefragt habt? Es fiel mir einer ein.

Ach!

Das war direkt nach dem Studium, meine erste Stelle in einer Berliner Nervenarztpraxis am oberen Ende des Ku'damms, da arbeiteten nur Frauen, 1988 war das. Eines Tages sagte die Oberärztin: *Heute kommt der Herr Soundso, das ist ein Mörder, den übernehmen Sie.* Ich war natürlich erschrocken. Sie winkte ab: *Da brauchen Sie sich keine Sorgen machen, der hat seine Mutter erwürgt – aber eine Mutter hat man nur einmal.* Es passierte dann tatsächlich nix weiter. Er hat sein Mördertum nicht reflektiert, die Mutter war ja schon tot und andere Mordfantasien hatte er nicht.

Im Roten Meer sind 15 800 Schafe ertrunken. Ein Frachter ist umgekippt. Außer der *taz* ist das keiner Zeitung eine Meldung wert.

Bei der Diskussion über das Abschießen von Wölfen wird ein Punkt oft außer Acht gelassen: wie viele von ihnen totgefahren werden. 2023 sind in Deutschland 99 von 126 gefundenen Wölfen durch den Straßenverkehr umgekommen. In der Schweiz ist der prozentuale Anteil überfahrener Wölfe geringer, was daran liegt, dass mehr Tiere legal erlegt werden. Jahr für Jahr ereignen sich in Deutschland 250 000 Wildunfälle mit Paarhufern, die dabei ihr Leben verlieren. Paarhufer sind Rehe, Damhirsche, Rothirsche und Wildschweine. In der Schweiz stirbt im Schnitt stündlich ein Reh an einer Kühlerhaube. Zum Vergleich: Schweizer Hunde reißen jährlich 400 Rehe. Dass zwanzig Mal so viele Rehe durch Autos wie durch wildernde Hunde zu Tode kommen, ist medial kein Aufreger. *Ist halt so*. Überfahrene Igel, Hasen, Dachse, Amphibien sind statistisch schwer zu erfassen, die Dunkelziffer ist enorm. Das Fachmagazin *Frontiers in Ecology and Environment* veröffentlichte 2020 eine Studie, die besagt, dass in Europa jährlich 194 Millionen Vögel und 29 Millionen Säugetiere dem Straßenverkehr zum Opfer fallen.

Mir fällt dieser Fuchs ein, auf der Autobahn Hamburg-Berlin war es irgendwo. Er lag am Straßenrand, er hob den Kopf, ließ ihn sinken, hob ihn wieder, konnte den Rest des Körpers nicht bewegen. Ich sehe seine gespitzten Ohren noch, sein Gesicht, dieses Unverständnis, spüre seine Verzweiflung. Die Autokolonne fuhr langsam an ihm vorbei. Und da standen diese Männer neben ihm, einer hielt schon die Schaufel in der Hand. Den Schuss hörte ich nicht mehr.

Elena ist gestorben. Jetzt habe ich nur noch eine Cousine, Zora (Zorina) in Bari. Elena wohnte in Norditalien. Sie war diejenige, deren Verlobter – ihre große Liebe – im Auto verunglückt ist, damals waren sie jung. Es gibt Gerüchte, es sei ein Suizid gewesen, andere sagen, er sei betrunken gefahren. Was klar ist: Er ist gerast. Später hat Elena einen anderen Mann geheiratet, einen verstörten Künstler, ein Hypochonder epischen Ausmaßes. Elenas Tod hat mit der Hypochondrie ihres Mannes zu tun, auch wenn man ihm nicht die Schuld geben kann, dass sie ihren Krebs nicht hat behandeln lassen, weil sie aus Angst vor dem Virus, das uns alle (und die Norditaliener zuvorderst) verstörte, den Gang ins Krankenhaus verweigerte. Das waren zwei Menschen, die sich in ein System von Angst hineinbegeben haben oder vielmehr: sich in ihrer Angst gefunden und das Leben ausgeschlossen haben. Alles, was außerhalb ihres Gartens stattfand, war gefährlich. Nicht einmal der Hund durfte das Grundstück verlassen, es hätte ihm etwas passieren können, alles war bedrohlich, Viren und Bakterien, andere Hunde, Autos, Gift, böse Menschen mit Stöcken, irgendetwas, vor allem aber Viren und Bakterien.

Elena hatte dieses unglaublich lange, gelockte, leuchtend rote Haar, als Kind fiel sie damit auf, gerade in Süditalien, alle bewunderten sie, mein eigenes rotes Haar wirkte blass und gewöhnlich dagegen. Als junge Frau hat sie viel dafür getan, das Haar fahler scheinen zu lassen, stumpfer, unauffälliger, während ich mich bemühte, noch roter zu werden, flammender, präsenter. Wir drei Cousinen waren von klein auf eine verschworene Gemeinschaft, geprägt von Schicksalsschlägen, Fremde sagten: vom Unglück verfolgt. Darin haben wir uns immer verstanden, einander verbunden gefühlt, auch gegen außen, gegen die, denen nichts widerfuhr. Zentrum unseres Seins war die Villa unserer Großeltern in Bari, wo wir alle zeitweise wohnten, Elena am längsten: zwölf Jahre. In diesem Palazzo war viel gefeiert worden – und viel geweint. Die Jahrzehnte des ausufernden Feierns hatten vor unserer Geburt stattgefunden, danach war es nicht still, aber stiller. Als es mit den Schicksalsschlägen losging, war erst eine von uns auf der Welt, die ältere Zora (Zorina). Ihre Mutter war die Erste, die bei einem Autounfall starb, Zorina war damals vier. Man hat ihr nicht erzählt, was geschehen ist, sie haben sie belogen und ihr eingeredet, die Mutter habe sie verlassen, das kleine Kind hat Jahre auf die Rückkehr der Mutter gewartet. Die Mutter war zu lebensfroh gewesen, zu ungestüm, sie hatte der Schwiegermutter (der Ur-Zora gewissermaßen, der Übermutter, der Marschallin in dieser Familie) nie gepasst. Eine Freundin hatte den Wagen gesteuert, eine, von der es hieß, sie sei eine lausige Autofahrerin, niemand hatte bei ihr einsteigen wollen – außer eben Zorinas Mutter, der wilde Feger. Jede von uns dreien hat also einen Menschen an die Straße verloren, Zorina die Mutter, Elena den Verlobten, ich den Vater.

Bild meines Vaters:

Erst bei genauerer Betrachtung merke ich, dass das, was ich immer für einen Traktor gehalten habe, ein Auto ist – oder, wie man damals gesagt hätte: ein Automobil. Manfredi, circa drei Jahre alt, sitzt auf dem Vorderreifen und blickt in die Ferne. Dass ich immer dachte, es sei ein Traktor, ist zweierlei geschuldet: der ländlichen Umgebung, in der das Bild aufgenommen wurde, und dem Umstand, dass ich mich mit Autos der 1930er-Jahre nicht auskenne. Erst nach Betrachtung anderer Autobilder aus der Zeit wird klar, dass Manfredi nicht auf dem Vorderrad eines Traktors, sondern auf dem Ersatzreifen eines Personenwagens sitzt, der auf der Seite neben der Tür angebracht ist. Die Kühlerfigur lässt auf einen *Ford* schließen, wahrscheinlich ein *Ford A Tudor* von 1929. Der Knabe trägt einen hellen Strickpulli mit kurzen Ärmeln, vermutlich eine kurze Hose, vielleicht auch nur eine Unterhose, der lange Pulli lässt keinen Blick darauf zu. Die nackten Beine sind übereinandergeschlagen, an den Füßen mädchenhafte Riemenschuhe, darin weiße Söckchen, die Kühlerhaube benutzt er als Lehne, die Arme sind locker aufgestützt. Er sitzt also auf diesem Reifen, auf dem *M I C H E L I N* aufgummiert ist und dessen Durchmesser fast der Kindsgröße entspricht, und blickt über die Kühlerhaube hinweg in die Ebene, von Bergen umrahmt. Ich kenne diese Landschaft: Es ist die Hochebene von Bovec in Slowenien, wo seine Mutter herstammt, Zora Del Buono, geborene Ostan. Das Foto muss 1933 aufgenommen worden sein. Man ahnt nicht, dass hier einige der brutalsten Schlachten des Ersten Weltkriegs stattfanden und Tausende Soldaten in dieser herrlichen Berglandschaft ihr

Leben lassen mussten. Die Namen dieser Kämpfe: die *Zwölf Isonzoschlachten*. Die letzte, die zwölfte, war die verheerendste. Am 24. Oktober 1917 setzten die 14. Deutsche Armee und die Armee der K.-u.-k.-Monarchie Giftgas ein, schossen von den Bergen oben mit Gaswerfern 70 000 Gasgranaten mit einem neu entwickelten Chlorgas in die Hochebene hinab, dem Perstoff, gegen den die Gasmasken der Italiener nutzlos waren. Allein in dieser, der letzten der Isonzoschlachten, starben 13 000 Italiener, erstickten jämmerlich, Zehntausende wurden verwundet, das Leben in einem ganzen Tal ausgelöscht, es muss eine bedrückende Stille geherrscht haben danach, kein Tier lebte mehr, kein Vogel zwitscherte, da war einfach nichts. Meine Großmutter Zora, eine Jugendliche damals, hatte wie alle Bewohner des kleinen Ortes Bovec das Tal vorher verlassen, die Flüchtenden waren samt ihrer Tiere über die Berge gezogen und nach dem Krieg zurückgekehrt. Heute ist Bovec berühmt für Rafting, von überall her kommen sportive Menschen, die in Kajaks die schillernde Soča hinunterfahren, eine bezaubernde Hochebene betrachten, unter deren Grasnarben die Gebeine von Tausenden Italienern liegen. Dass die Deutschen den Landstrich trotz gewonnener Schlacht an die Italiener hatten abtreten müssen, war sowohl für die Weltpolitik von Bedeutung gewesen als auch für unsere kleine Familie. Mein Großvater Pietro nämlich war als sizilianischer Arzt hierher versetzt worden, wo er die Tochter des lokalen Fuhrunternehmers kennenlernte und heiratete. Ihre drei Söhne verbrachten die Sommermonate oft in Bovec, wenn man der Hitze Süditaliens entfloh.

Später sind wir oft in Bovec gewesen, Mutter und ich. Wir brachten Kaffee und Schweizer Schokolade zu Tante Pepca und Onkel Boris ins sozialistische Jugoslawien, und ich rannte mit der Dorfjugend durch die Gassen, ohne ihre Sprache zu verstehen. Am stärksten in Erinnerung geblieben aber ist mir eine Fahrt dorthin, im *Fiat* über die Alpen, nur Mutter und ich. Irgendwo auf einer dieser Passstraßen stand ein Mädchen am Straßenrand, ganz allein mit einem Kistchen voller Wiesenblumensträuße vor sich. Mutter hielt an, wir kauften der Kleinen zwei Sträußchen ab, sie lächelte scheu und ich war fassungslos, dass da ein Mädchen steht, so alt wie ich, acht oder neun höchstens, und gepflückte Blumen verkaufen muss, die Familie unterstützen, wie Mutter erklärte. Wir tauchten Socken in einen Bach, Wollvasen für die Blumen. Ich glaube, es war das erste Mal, dass ich Rührung als Gefühl verstand, und noch heute rührt mich die Geschichte, die Mutter dann erzählte, von der Glückseligkeit, die sie und ihre *Gspöndli* empfanden, wenn sie im Juni Blumen pflückten und Kränze fürs Haar flochten und sich wie Prinzessinnen fühlten, dass dies eine der schönsten Erinnerungen an ihre Jugend auf dem Dorf war, und ich spürte schon damals, also um 1970, dass zwischen ihrer und meiner Kindheit etwas verloren gegangen war an simpler Freude, an Verbundenheit mit der Natur, obwohl auch ich noch draußen spielte, Baumhäuser zimmerte, Bäche staute, Iglus baute und Kuhfladen mit Blumen dekorierte, aber bei mir gab es eben auch Trolle aus Plastik und Gummitiere und Legosteine etc., das Vergnügen an diesen Dingen war größer als an geflochtenen Blumen im Haar.

Bilder meiner Mutter:

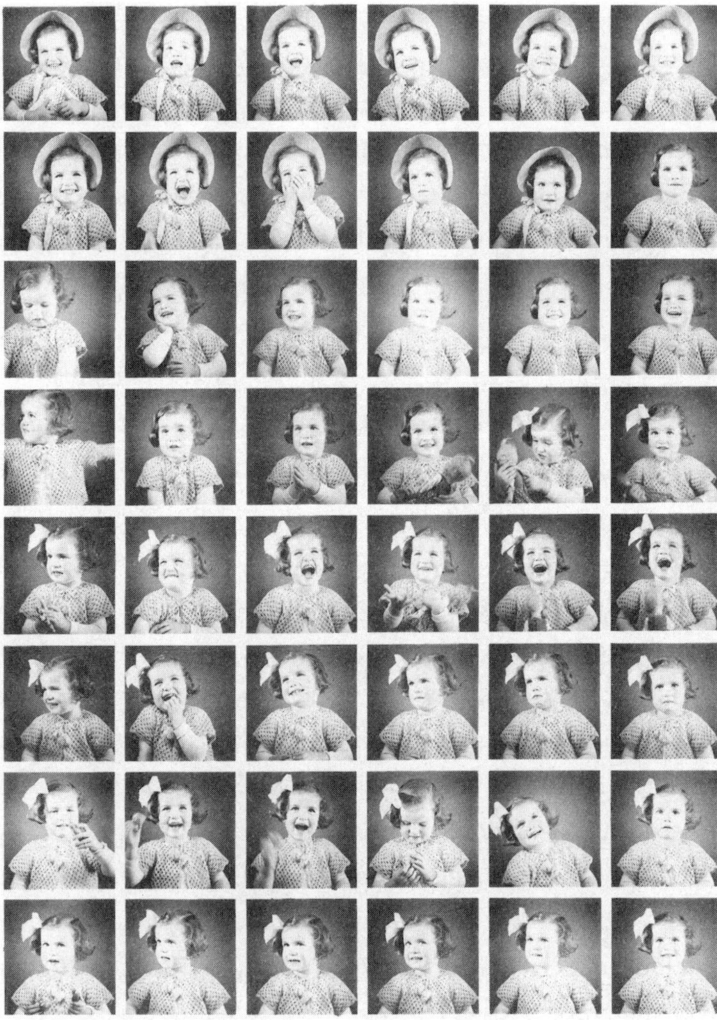

Heute ist Mutter ins Pflegeheim umgezogen. *Umgezogen* ist ein Euphemismus – man hat sie hinverfrachtet. Und *man* ist auch nicht korrekt: Ich habe es veranlasst. Die Polizei rief an, junge Leute hätten Mutter in unpassender Kleidung (eine Bluse verkehrt herum als Rock geknöpft, die Ärmel zu einem Gürtel geknotet) und frierend auf der Straße aufgelesen, ins Auto bugsiert und ins nächstgelegene Altersheim gefahren, wo keiner die Frau gekannt und man deswegen die Polizei informiert habe. Mutters jahrelanger Begleiter, ein wunderbarer Mensch namens Blau, hatte einen Moment nicht achtgegeben, weil er selber schwer krank im Bett lag, und schon war sie aus der Wohnung entschlüpft. Wir hatten Mutter immer mal wieder ins Heim für Demenzkranke in die Ferien gegeben, wenn weder Herr Blau noch ich auf sie aufpassen konnten. Heute wurde klar: Es geht nicht mehr zu Hause. Ich habe jahrelang gewusst, dass dieser Moment kommen wird, und es war so wie bei den meisten: Ein plötzliches Ereignis (Sturz, Unfall, Aggressionsausbruch oder eben auch: die Polizei) – und dann geht alles ganz schnell. Die Frau, die ein Leben lang für mich da war (ich allerdings auch für sie) – ich geb' sie an einem Nachmittag nach einem Polizeianruf einfach ab.

Schulfreund Manu ruft an. Er sei mit den Jahresabschlüssen seiner Klienten stark eingespannt, zudem sei *auch viel gestorben worden*, es gebe Nachlässe zu regeln etc. Ob er sich der Suche nach E. T. erst in zwei Monaten annehmen dürfe? Er darf. Aufschub auch für mich.

Ein Zürcher Bekannter, ein fast neunzigjähriger Mann, erzählt folgende Geschichte: Er habe einen Anruf von einer Hochdeutsch sprechenden Polizistin erhalten, die sagte, seine Tochter sei in einen Verkehrsunfall verwickelt, habe sich schuldig gemacht am Tod einer anderen Person. Sie sitze in Untersuchungshaft, es bestehe Fluchtgefahr. Der schockierte alte Mann bat darum, seine Tochter sprechen zu dürfen. Man reichte das Telefon weiter, ein schreckliches Geschluchze am anderen Ende. Die Polizistin habe ihm schließlich gesagt, dass sie ihn jetzt mit der Staatsanwältin verbinde, die die Höhe der Kaution festlege, die er hinterlegen müsse, um seine Tochter aus dem Gefängnis zu holen. Er, immer noch unter Schock, verstand nur, dass er 80 000 Franken bezahlen müsse – die er nicht so schnell auftreiben konnte. Die Staatsanwältin, ebenfalls Hochdeutsch sprechend, meinte, er könne auch Gold oder Schmuck als Depot abliefern. Irgendwann dämmerte ihm, dass die Sache stank. Er rief die Polizei an, die ihn fast auslachte, vielleicht auch anlachte, auf alle Fälle hieß es, er sei heute schon der Achte, dem das passiere.

Die längste Nacht des Jahres, mein sechzigster Geburtstag. Ich erinnere mich klar an den Dreißigsten (im *Roses*, einer Bar in der Oranienstraße, drei Jahre nach der Wende: Berlin, dunkle Stadt), den Vierzigsten (in Venedig, Besammlung der Freunde auf dem mitternächtlichen Markusplatz), den Fünfzigsten (zu Hause zu viele Leute eingeladen), den Zweiundfünfzigsten (Udo Jürgens starb, wir sangen spontan seine Lieder, erstaunt, wie gut wir die Texte kannten). Der Sechzigste geht in quasi therapeutischer Manier über die Bühne, in der fast leeren neuen Wohnung, an den Bahngleisen in der Zürcher *Agglo* gelegen, zwölf Menschen auf Hockern, eine Art Gesprächskreis von bemerkenswerter Geordnetheit und Intensität, alle hören einander zu, niemand unterbricht. Später sagt eine: *Jetzt sind wir wirklich alt.* Die Mutter im Heim, die Tochter sechzig und mit der Auflösung des mütterlichen Haushalts beschäftigt, Wühlen in Vergangenem; die Abwärtsspirale ist nicht wegzudiskutieren und der Ausblick aufs Alter keine Freude, gerade in einer Gesellschaft, die suggeriert, es läge einzig in den eigenen Händen, wie es einem dereinst ergehen wird; alle wollen lustige Alte sein. Zürich als Botox-Metropole ist auch nicht unbedingt *the place to be,* wenn es um würdevolles Altern geht. Max Frisch schrieb (nicht übers Aussehen, sondern über den Geist): «Unser Respekt gilt in Wahrheit nie dem Alter, sondern ausdrücklich dem Gegenteil: dass jemand trotz seiner Jahre noch nicht senil ist.»

Agglo: Abkürzung von Agglomeration, Substantiv, feminin;
1. Bildungssprachlich Anhäufung, Zusammenballung;
2. Schweizerisch Ballungsgebiet *Agglo*

In der *Agglo* zu wohnen, kommt in der Deutschschweiz fast einem Versagensbekenntnis gleich, kein Mensch will da hin, in diese semiurbanen, oft gesichtslosen Zwischenzonen. Es gibt aber auch eingeschworene *Agglo*-Fans, die keinesfalls in den dichten Innenstädten wohnen wollen, aber eben auch nicht auf dem Dorf. Die Gesichtslosigkeit hat auch etwas Befreiendes, etwas Weites, fast würde ich sagen: Sie verschafft einen breiteren Horizont. In der *Agglo* leben Menschen, die sich die Innenstädte nicht leisten können oder wollen, es existieren dort eine Normalität und ein Kosmopolitismus, der weit entfernt ist von Gentrifizierung, und ich bin überaus gewillt, die *Agglo* lieben zu lernen.

In Mutters Keller findet sich ein Lederkoffer, schwarz und bauchig, ganz weich, höchstens zur Hälfte gefüllt. Darin das Chiffonkleid, das ich von den Hochzeitsfotografien kenne, ein gewagtes Kleid, champagnerfarben (das war damals geradezu subversiv, geheiratet wurde sonst in Weiß) und kniekurz, dafür ausgestellt und steif wie ein barockes Kostüm, sehr modern; Mutter hatte es früher im Schrank hängen gehabt, es war mir daher nicht fremd. Unter dem Kleid dann aber: Vaters Anzug, samt Hemd, Weste, Einstecktuch und Hosenträgern. Der Anzug schockiert mich, *papà* war kürzer als erwartet, breiter auch, ein kleiner Italiener, vor mir liegt der Beweis. Die Hosenträger rühren mich, sie verweisen auf eine andere Zeit. Der Anzug ist nicht ganz sauber, wahrscheinlich nach der Hochzeit nicht gereinigt worden, warum auch, nach nur einmaligem Tragen. Sicher fänden sich Haare oder Hautpartikel am Kragen, könnten einem Forensiker dienlich sein, aber es muss ja nach nichts geforscht werden.

Bild meiner Eltern:

Dass Vater kleiner war, als ich dachte, beeindruckt mich nachhaltig. Ich habe einfach keine Ahnung, wer dieser Mensch eigentlich war. Kleid und Anzug kommen zurück in den Koffer und werden mit in mein neues Zuhause ziehen. Vielleicht hänge ich sie in den Schrank, oder vielleicht denk' ich auch: *Das ist Kitsch.* Und lass' sie im Koffer, bis die Person, die meinen Keller dereinst entrümpeln wird, sie endgültig entsorgen kann.

IM KAFFEEHAUS 5 (über das Erinnern und Urnen):
Henri ist aus Italien zurück, er war in Triest.

Was hast du da gemacht?, fragen Isadora und ich.

Lennis Asche verstreut, sagt Henri, in der Heimat seiner Vorfahren.

Lenni ist doch vor vielen Jahren gestorben?

Vor fünfzehn, aber die Hälfte seiner Asche lag noch in meinem Schlafzimmer in einer Kiste.

Und die andere Hälfte?

Die haben wir damals in den Zürichsee gestreut.

Wie muss ich mir das vorstellen, fragt Isadora, du bist mit der Urne im Rollkoffer im Zug nach Triest gefahren?

So wie meine Mutter mit der Asche ihrer Schwiegermutter, der alten Zora!, rufe ich dazwischen. Mutter hat sie aus Jugoslawien geholt und ist in Triest in den Zug gestiegen, in den Liegewagen nach Bari. Die Mitreisenden haben entdeckt, dass sie eine Urne im Gepäck hatte, und wollten nicht mehr da schlafen. So hatte Mama das Abteil für sich.

Ich war diskret, sagt Henri. Die Asche war in einer durchsichtigen Plastiktüte mit einem Verschluss oben, so eine fürs …

… Gefrierfach, sagt Isadora.

Ich hatte vorher ein hübsches Säckli genäht, aus Servietten meiner Mutter. Auf dem Berg oben habe ich die Asche aus der Tüte in das Serviettensäckli umgeschaufelt und dann haben die Freundin, die mich begleitet hat, und ich es ausgeschüttelt, es war wunderbar blauer Himmel, aber der Wind kam von der falschen Seite.

Oh, sage ich.

Ja, sagt Henri.

Die Kellnerin kommt. Wir bestellen heiße Schokolade.

Habt ihr viele Sachen von Verstorbenen aufbewahrt?, frage ich und schildere mein Hadern mit den Hochzeitskleidern der Eltern.

Die Schwester meiner Mutter war Modistin, die hat dunkelblaue Filzhüte genäht, antwortet Henri. So einen Hut habe ich im Keller aufbewahrt, aber da hat eine Maus ihr Nest drin gebaut, dann musste er weg. Und die Mütze meines Vaters habe ich, mit seinem Blut dran. Er hatte sich an jenem Tag, an dem wir uns kennenlernten, bei einem Sturz den Kopf aufgeschlagen. Da war er ja schon über achtzig. Er kippte einfach nach hinten weg. Die Mütze rührt mich so, wie dich der Anzug deines Vaters rührt.

Ja, Stoffe sind speziell. Damit wird es gleich so körperlich, sage ich.

Vor Jahren habe ich im MoMA eine Ausstellung über Jackie Kennedys Garderobe gesehen, erinnert sich Isadora. Man kennt die Frau ja von Fotos – denkst du. Was mich aber umgehauen hat, waren die echten Dimensionen, wenn du die Kostüme siehst. Die Jackie war unglaublich klein und schmal.

In *Brokeback Mountain* – ihr erinnert euch an den Film? – fragt Henri und spricht weiter: Da ist eines der berührendsten Bilder, wie der Cowboy an den Schrank geht und darin hängt das Hemd vom verstorbenen Geliebten. Ich kann mir den Film kaum anschauen, das erinnert mich alles so an Lenni. Das Verstecken der Sexualität, das Warten, bis du endlich in geschlossenen Räumen bist, du kannst dich fast nicht anschauen, und drin geht's dann los, zack zack, diese besinnungslose Liebe; ihr dürft nicht vergessen, Lenni lernte ich in den Sechzigerjahren kennen, das waren ganz andere Zustände, sehr schambehaftet alles.

Die Kellnerin bringt die heiße Schokolade.

Wo sind eigentlich die Urnen?

Sie tauchen in Mutters Wohnung in der Kammer auf, unter Wintermänteln und hinter gerahmten Bildern, Zeichnungen von Günter Grass vor allem, aus der Indienserie, Mutter hat ihn einst ausgestellt: Frauen auf Müllbergen, Vögel kreisen über ihnen, Lumpensammler, Fabrikschlote, liegende Gestalten auf Gehwegen, mit Tüchern zugedeckt, schlafend oder tot, ein ziemliches Elend in Kalkutta 1986; die Arbeiten verkauften sich schlecht, wer will schon Armutsästhetik an der Wand hängen haben, so sind einige bei uns geblieben.

Die Urnen also. Es sind zwei kleine aus Ton, darin Katzenasche (Mosi, mit 10 auf dem Heimweg überfahren, Mutter hatte den rothaarigen Körper eine Weile im Tiefkühlfach aufbewahrt, was ich nicht wusste, das Geschrei beim Entdecken war groß; die Hexe, mit sagenhaften 24 in Berlin vom Balkongeländer gestürzt). Vier weitere in unterschiedlichen Größen, Materialien und Stilen, das Haustierurnendesign hat im Laufe der Jahrzehnte Fortschritte gemacht, darin die Asche der Hunde (Jimmie, der Whippet, an Altersschwäche gestorben; Djoumanah, die Sloughihündin, ebenfalls Altersschwäche; Giggio, Mutters Italienisches Windspiel, 17, sehr altersschwach; Lino, mein liebster Reisegefährte, ein isabellfarbenes Windspiel, er wurde nur 9, ein Lymphom). Wer fehlt: Shedhir, mein erster Hund. Ein fantastisches Tier, beige und kurzhaarig und groß, ein Wüstenhund, seine Großmutter jagte in Tunesien noch Gazellen, Freunde hatten sie mitgebracht, zu einer Zeit, als es kaum arabische Windhunde in Europa gab. Shedhir war so prachtvoll, dass sich ein Freund ihn manchmal auslieh, *um ihn am Ku'damm spazieren zu führen und angeglotzt zu werden, gut fürs Selbstbewusstsein,* meinte er; solche Dinge sagt man als junger Mensch. Shedhir war ein Streuner, das Warten auf ihn gehörte zum Alltag, mit einem Buch auf einem Baumstumpf sitzend, nördlich vom Reichstag etwa, was damals noch Brachland war, da gab es nachts ein paar Prostituierte und Freier, tags Kaninchen *en masse* und sonst nicht viel (abgesehen von der Schweizer Botschaft, einsamer Monolith), er hat sie gejagt, aber nie erwischt, zu viele Kaninchenbauten im märkischen Sand. Kurz nach Mauerfall ging ich auf Reisen, nach Kanada, Mutter hütete den Hund. Verabredet war, dass sie mich nach dem Monat am Flughafen abholt; da stand sie auch hinter der Glasscheibe, mit Jimmie an der Leine, doch ohne Shedhir, ich auf der anderen Seite noch bei der Gepäckausgabe. Ich sah ihr Gesicht und wusste: Shedhir lebt nicht mehr. Mutter war ins Tessin gefahren und Shedhir eines Morgens beim Spaziergang im Wald des Monte San Giorgio entschwunden, diesem eigenartig unauffälligen Berg, der aber UNESCO Welterbe ist, weil einer der fossilienreichsten Orte überhaupt, vor 240 Millionen Jahren war dort ein Meer, er ist gespickt voll mit Meeresfossilien, was den Hund nicht gerührt haben wird und die Rehe auch nicht, die es da offensichtlich gab, obwohl man nie eines sah. Mutter ging irgendwann zurück ins Dorf, dann, Stunden später, wieder hoch, und da kam er den Berg runtergerannt, lachend, wie sie sagte, denn keiner konnte so breit lachen wie Shedhir, über den Fußgängerstreifen und ihr entgegen – und das war's. Ein Auto raste mit überhöhter Geschwindigkeit über die Straße, der Hund war sofort tot. Shedhir wurde von der Polizei abtransportiert, man hat im Schock nicht daran gedacht, ihn zu behalten, zu begraben, zu kremieren. Daher keine Urne. Bei Mutter war die ganze Zeit ihr Bruder zu Besuch gewesen. Später sagte er mir, dieses schreckliche Ereignis habe ihn an Zufällen zweifeln lassen, er habe gedacht, er sei der Unglücksbringer, er, der sich von Vaters Tod nie richtig erholt hat: schon wieder involviert. Ich habe niemandem die Schuld gegeben, nicht mit einem einzigen Wort, denn ich wusste: Der Prachthund hat gefährlich gelebt, aber frei war er gewesen, rennen hatte er dürfen, es hätte genauso gut bei mir passieren können. Aber dass Bruder und Schwester, die nicht besonders viel miteinander unternommen haben im Leben, gleich zweimal durch einen Unfall verknüpft waren, hat alle erschüttert. Auch erinnere ich mich, dass Mutter sagte: *Alles, was mir nah ist, muss frühzeitig sterben* (sie meinte ihre Mutter, ihren Mann, den Hund), und ich dachte: Dann bin ich als Nächste dran.

«Viele Menschen lieben mich noch, doch von nun an wird mein Tod niemanden mehr töten.» Das schrieb Roland Barthes nach dem Tod seiner geliebten Mutter. Es muss ein irrsinnig beruhigender Gedanke sein, gehen zu können in Freiheit. Ich wusste immer, ich darf nicht vor Mutter sterben. Jetzt, in der Demenz, würde sie mich nicht vermissen. Auch eine Art von Freiheit. Und mir kommt eine Freundin in den Sinn, die sich sehr um ihre Mutter kümmern muss, sie sagte neulich: *Hoffentlich bleiben mir noch ein paar Jahre nach dem Tod meiner Mutter.* Und kaum hatte sie es gesagt, fühlte sie sich schlecht.

Et voilà!

Ich habe Mutters Schreibtischschubladen nach Dokumenten durchsucht und dabei an das abgeschlossene Jugendtagebuch mit dem braunen Lederumschlag gedacht. Als Kind hatte ich es heimlich in die Hände genommen, vergeblich an dem Schlösschen gerüttelt, die Neugier größer als das schlechte Gewissen, ich hatte darin zu lesen versucht, indem ich die Ecken auseinanderzog, hatte mit klopfendem Herzen einzelne Wörter entziffern können, die so verworfen und geheimnisvoll klangen (immer ging es um Sehnsucht – bloß: nach wem?), hätte mich aber nie getraut, den winzigen Schlüssel zu suchen und das Tagebuch zu öffnen. Mutter hat es wohl irgendwann vernichtet, wollte nicht, dass ich ihre pubertären Gedanken lese als erwachsene Frau. Das Tagebuch ist also nicht mehr da, aber zuunterst in der Schublade liegt etwas Offizielles, mehrere dünne, fleckig gelbe Papiere: das *INVENTAR über die Verlassenschaft des am 18. August 1963 gestorbenen Dr. med. Manfredi Svevo Del Buono-Zumbühl,* ausgestellt vom Bezirksrat Zürich. Auf Seite 2 unter Punkt 5 steht: «Der Verstorbene erlag den Folgen eines Auto-Unfalls. Allfällige Haftpflichtansprüche gegenüber Ernst Traxler, Hotel Schwert, Netstal, sind noch nicht abgeklärt.»

Ernst Traxler also.

Die zweite Info: *Hotel Schwert, Netstal.* Traxler, ein Hotelmitarbeiter, ein Koch vielleicht? Oder einer, der qua Wohnungsmangel in einem Wirtshaus logierte?

Eine Antilope hat Ernest Traxler zu Tode getrampelt; er wurde zweiundsiebzig Jahre alt. Traxler wohnte in Pennsylvania, Tiere seien sein Lebensinhalt gewesen, steht im Nachruf der Lokalzeitung. Ich bin fassungslos, auch aufgeregt, überschlage schnell das Alter; es kommt hin. Ist Traxler nach dem Gerichtsurteil einfach nach Amerika ausgewandert? Hat seine 200 Franken Strafe bezahlt, alles hinter sich gelassen, ist Farmer geworden, mit einem zusätzlichen e im Namen? Hat ein befreites Leben in den herrlichen Weiten Pennsylvanias geführt, in dem Land ohne Erinnerung? Und ist am Ende – Rache des Schicksals – von einer Nilgai-Antilope zerquetscht worden?

Das Zeitungsbild zeigt einen freundlich blickenden Mann in verfleckten Jeans, kariertem Hemd und mit Schirmmütze inmitten einer Herde Dromedare, die Hand hat er auf den Hals eines der mächtigen Tiere gelegt. *«Ernest wanted to share his passion for God's creatures with others, and found his own Noah's Ark.»* Ein *newborn* Kreationist vielleicht (von Gott erwählt), der Schuld in religiösen Wahn umwandelte? Oder einfach ein Tierliebhaber mit einem Arche-Noah-Metaphorikspleen, der einen Safari-Park gegründet hat?

Die Nilgai-Antilope ist ein seltsames Tier, eigenwillige Proportionen, ein enormer Rumpf, kürzere Hinter- als Vorderbeine, dadurch ein hyänenhafter Gang; der Kopf wirkt zu klein, gehörnt sind nur die Männchen, massige graublaue Tiere, die über 250 Kilo wiegen können. Ihr wissenschaftlicher Name lautet *Boselaphus tragocamelus*. Das zeigt schon, dass man sie bei der Klassifizierung nicht recht einzuordnen wusste, im Namen kommen das Wort *bos* (lateinisch Rind), *elaphos* (griechisch Hirsch), *tragos* (griechisch Ziegenbock) und *kamelos* (griechisch Kamel) vor. Sie stammt aus Indien, wo die Blaue *(nil)* Kuh *(gai)* frei lebt, in Bangladesch hingegen wurde sie ausgerottet. Die indischen Behörden wollten unlängst das *Kuh* aus dem Namen tilgen, damit die Antilope nicht als *heilige Kuh* gilt und gejagt werden kann, ohne die religiösen Gefühle (Gott schon wieder) des Jägers zu verletzen. In den 1930er-Jahren hat man sie nach Texas eingeführt, wo es heute einen stabilen Bestand von 37 000 Exemplaren gibt. Traxlers Nilgai-Antilope wird texanischen Ursprungs sein.

Nachdem ich mich zu lang mit dem Tier beschäftigt habe (Übersprungshandlung), versuche ich Ernest Traxlers Biografie zu rekonstruieren, was überraschend einfach ist. Sein Vater Martin, geboren 1897 in St. Gallen, wandert nach dem Ersten Weltkrieg nach Amerika aus. Er überquert den Atlantik auf der *Olympic*, sein Plan ist es, in Kalifornien zu siedeln, was er nicht schafft, er bleibt im ländlichen Pennsylvania hängen. Martin Traxler heiratet dreimal, eine Rosi Jonas (eine Uhrmacherin aus Basel, die mit einunddreißig stirbt), eine Lisbeth Meier, schließlich eine Mary unbekannten Nachnamens. Ernest ist der Sohn von Lisbeth Meier und in Amerika geboren. Es wäre also geklärt: Der Antilopen-Ernest ist nicht unser Ernst.

Vielleicht ist der Antilopen-Ernest ein Cousin des gesuchten Ernst, war sein Vater Martins Bruder. Vielleicht ist einer der

Brüder ausgewandert, der andere in Glarus geblieben. Und Ernst wurde nach seinem neuamerikanischen Cousin benannt.

Noch unter dem Eindruck, den Namen des Typen zu kennen, der Vater totgefahren hat, erzähle ich bei einer Lesung aus dem Familienroman *Die Marschallin* davon, und dass ich mich frage, was es mit einem Menschen macht, der weiß, dass er jemandem das Leben genommen hat. Nach der Veranstaltung kommt eine Frau zu mir und sagt, es gebe parallele Stränge in unseren Biografien. Sie sei gerade bei der Hochzeit ihres Sohnes in Bari gewesen, woher ihre Schwiegertochter komme, jener Stadt also, aus der mein Vater stammt und die in meinem Buch der Hauptschauplatz ist. Zudem sei sie ebenfalls sechzig geworden und habe ihre Großmutter bei einem ähnlichen Autounfall verloren wie ich meinen Vater. Sie selbst sei damals zum Gerichtsprozess gegangen, weil ihre Mutter es emotional nicht geschafft habe. Die Großmutter war nicht alt, als sie totgefahren wurde, genau sechzig, also dasselbe Alter wie wir heute. Der junge Unfallverursacher sei mit seinen Eltern im Gericht gewesen, die im Flur auf ihn eingeredet hätten, er müsse alles abstreiten, alles von sich weisen, sonst sei sein Leben versaut. Die Richter sagten dann zwar, dass der Tathergang eindeutig gewesen sei, überhöhtes Tempo, unübersichtliche Straßensituation, waghalsiges Überholmanöver eines Anfängers, Frontalzusammenstoß, die Frau im entgegenkommenden Auto tot. Von einer hohen Geldstrafe sei aber abzusehen, weil die Frau mit ihren sechzig Jahren schon *ein gelebtes Leben* hinter sich gehabt habe, ihre Tochter erwachsen und die Tote alleinstehend gewesen sei. Das sei das Hauptargument gewesen: Die Frau war alleinstehend.

Das ist der Unterschied zu unserem Fall. Vater hat Mutter und mich hinterlassen. Dennoch musste Ernst Traxler nur 200 Franken Buße bezahlen. Die Frau und ich sind beide ziemlich entsetzt. Sie über die 200 Franken, ich darüber, dass das Leben einer alleinstehenden Sechzigjährigen vor Gericht kaum zählte. Ich bin eine alleinstehende Sechzigjährige. Aber vielleicht würde ein Gericht heutzutage anders entscheiden.

Der Name Traxler kommt in der Schweiz 91 Mal vor.

In Reichenburg wohnen zwei Traxlers, aus Datenschutzgründen gibt das Statistische Amt weder Geschlecht noch Vornamen an. Im Telefonbuch findet sich keiner von ihnen. Reichenburg liegt sieben Kilometer vom Unfallort entfernt.

Zwei Ernst Traxler sind schweizweit im Telefonbuch eingetragen, beim einen steht keine Berufsbezeichnung, der andere ist Mechaniker. Erwähnt wird er in einem älteren Zeitungsbericht über ein Oldtimerrennen mit der gloriosen Überschrift *Fröhlicher Heugümper am Berg*. Im Artikel sagt ein Teilnehmer: «Sich mit Gleichgesinnten zu treffen, ist immer ein Erlebnis.

Als begeisterter Oldtimerfahrer freue ich mich auf die Bergstrecke von Steckborn, die ich diesmal mit meinem *Heugümper* fahre. Falls der Wagen stehen bleibt, kann ihn mein Freund und Beifahrer Ernst Traxler gleich vor Ort flicken.»

Nimmt ein Endsiebziger noch als Mechaniker an einem Bergrennen teil? Ist es Altersdiskriminierung, diese Frage zu stellen? Wurde Ernst Traxler, der Amerikanerschlittenliebhaber, tatsächlich Mechaniker und frönte ein Leben lang der Leidenschaft für schöne Autos? Ein zweites Foto zeigt die zwei Freunde in farblicher Eintracht neben einem eigenwillig schmalen Oldtimer, der tatsächlich an eine Heuschrecke erinnert, die lacht. Die Overalls der Herren sind so knallgrün wie das Auto. Die Inszenierung, muss ich zugeben, hat Witz.

Habe ich ihn tatsächlich auf derart banale Art gefunden – übers Telefonbuch?

Die entscheidende Frage: Was nun?

IM KAFFEEHAUS 6 (über das Reden und Handeln):
Ruf ihn an, sagt Isadora.

Aber …

Was, aber?

Dann wird mein Leben womöglich kompliziert. Stell dir vor, er ist es. Das hat Folgen!

Bequemlichkeit ist das Allerletzte als Lebensmotto. Isadora klingt streng. Dann kriegst du die Rechnung eines Tages serviert. Den Dingen auf den Grund zu gehen, ist meistens sinnvoll. Vielleicht ist es für dich erleichternd, wenn der Typ kein Phantom mehr ist. Auch für ihn kann es übrigens hilfreich sein, so ein Gespräch am Ende seines Lebens. Er ist ja auch ein Mensch.

Klingt irgendwie christlich, sage ich. So nach verzeihen.

Vielleicht nicht verzeihen, aber schauen, was es mit ihm gemacht hat. Das kannst du schon. Reden ist immer besser als schweigen.

Sagst du das deinen Patienten auch?, fragt Henri.

Klar, antwortet Isadora. Ich neige mittlerweile dazu, ihnen in einfachen Sätzen zu sagen: *Schweigen ist meistens tödlich*. Der Mensch hat viele Fähigkeiten, die entscheidendste: wie kann ich Beziehungen aufbauen, sie pflegen etc. Schweigen löst gar nichts.

Also muss ich mit diesem fremden Mann reden.

Er hat tief in dein Leben eingegriffen. Red mit ihm, sagt Henri.

In Beziehung gehen ist alles, sagt Isadora. Sie betrachtet nachdenklich das Bild von Traxler und seinem Freund neben dem grünen *Heugümper*, diesem eigenwilligen historischen Cabriolet.

Ihr wisst schon, wie meine Namenspatin zu Tode kam?, fragt sie plötzlich.

Henri und ich horchen auf. Dass Isadora Isadora heißt, kommt nicht von ungefähr. Ihre Mutter war eine Bewundererin Isadora Duncans und beharrte darauf, der Tochter den Namen der Tänzerin zu geben, dieser wilden Amerikanerin, die sich um 1900 gegen das rigide klassische Ballett auflehnte, entfesselt und rauschhaft antike Körper und natürliche Bewegungen feierte und eigentlich die Urmutter des Ausdruckstanzes ist. Sie gehörte zur Monte-Verità-Clique, daran erinnere ich mich. Und an ihr berühmtes Bekenntnis in reifem Alter: *Ich liebe Kartoffeln und junge Männer* – das gefiel mir immer. Aber wie sie starb: vergessen (oder verdrängt).

Ihr Leben war wie aus einer griechischen Tragödie, sagt Isadora. Ihre älteren Kinder waren drei und sieben, als sie zu Tode kamen, 1913 war das. Ihr müsst wissen, die Duncan hatte drei Kinder von drei Männern, eine wirklich subversive Lady war das, sie hielt die Ehe für sinnlos – kluge Frau.

Woran starben die beiden, an Masern?

Nein, nein. Sie waren in Paris, die Kinder samt *bonne* saßen im Auto, als der Chauffeur ausstieg, ohne die Handbremse anzuziehen. Der Wagen rollte in die Seine und Kinder und Kindermädchen ertranken. Es gibt Zeitungsbilder, wie das Auto aus dem Fluss gehoben wird. Später bekam die Duncan noch einen Sohn, der kurz nach der Geburt starb.

Wie hat die Frau das alles verkraftet?, fragt Henri.

Gar nicht. Sie wurde dick und trank zu viel.

Und liebte junge Männer, sage ich.

So ist es. Einer wurde ihr zum Verhängnis, ein Italiener, halb so alt wie sie. Sie fuhren in seinem offenen Sportwagen, in Nizza, an der Promenade des Anglais, kennt ihr, oder?, direkt am Meer. Ihr Seidenschal, den sie um den Hals gebunden hatte, verfing sich in der Felge des Hinterreifens und strangulierte sie, sie war sofort tot. Gertrude Stein bemerkte später spitz: *Affectations can be dangerous.*

Der junge Lover …

… wurde Rennfahrer, sagt Isadora.

Ich rufe den anderen Rennfahrer an. Ein kurzes Gespräch, zwei, drei Höflichkeiten, wenig Misstrauen, nein, der Heuschrecken-Traxler ist nicht unser Traxler. Auch der Ohne-Berufsbezeichnung-Traxler ist es nicht, falscher Jahrgang in beiden Fällen, die zweimalige Aufregung umsonst.

Ein mir unbekannter Szabó M. schickt per Instagram Fotos einer historischen Postkarte: «*Hey! I just bought a postcard in Izola. It seems to me that the addressee is your grandfather.*» Das Bild zeigt Venedigs Dogenpalast. Adressiert an Prof. Pietro Del Buono, Via Dieta di Bari, Bari. Es steht nur ein Gruß darauf, unleserlicher Name. Datum des Poststempels: 25.X.36, Venezia. Der Unbekannte schreibt, er habe die Postkarte in einem Trödelladen in Izola gekauft und sich gewundert, was eine venezianische Karte, die nach Süditalien geschickt worden war, in einem slowenischen Fischerdorf mache. Er habe den Namen gegoogelt, sei auf mein Buch *Die Marschallin* gestoßen, in dem ich die Geschichte der Großeltern erzähle. Das gemeinsame Leben der Großeltern habe in Slowenien begonnen, allerdings nicht am Meer, sondern in den

Alpen, wenige Monate nach Kriegsende, 1919, schreibe ich ihm. Gelebt haben sie später in Süditalien, eben in Bari.

Eine Postkarte taucht nach neunzig Jahren auf und gerät in fremde Hände, in diesem Fall in die eines slowakischen Touristen. Er fragt, ob er mir die Karte schicken solle. Nein, schreibe ich zurück, mir gefalle der Gedanke, dass die Karte nun in Bratislava sei, im osteuropäischen Raum, nur eine Zugstunde von Wien entfernt, was die Lieblingsstadt meiner Großmutter war, weil sie dort die Hauswirtschaftsschule besucht hatte. Vielleicht landet die Postkarte in ein paar Jahrzehnten erneut in einem Trödel (das sage ich Szabó M. nicht) und nimmt einen weiteren Weg auf sich, zu jemandem, der die Spur sucht und womöglich auf eine verstorbene Schweizer Schriftstellerin stößt, die einen europäischen Familienroman geschrieben hat. Dass Postkarten uns überdauern, hat etwas Tröstliches.

Mutter läuft den Flur entlang. Sie trägt die elegante grüne Hose und eine hübsche knallgrüne Bluse, gekauft im Berliner Bergmannkiez, bei einer Schneiderin namens von Mendelssohn (ein Name, der meine Mutter, die Historikerin, beeindruckt hat, ohne dass sie erklären konnte warum), als die Demenz in dem Stadium war, dass Mutter sich kaum mehr selbst zu beschäftigen wusste und Kleider kaufen eine Abwechslung bot, die ihr einen Moment lang Freude und die Illusion eines normalen Lebens bereitete und mir die Möglichkeit gab, etwas mit ihr zu unternehmen.

Sie kommt mir entgegen, schwebender Schritt, tänzerinnengleich, keinesfalls greisinnenhaft – und geht an mir vorbei.

Mama!, rufe ich.

Sie dreht sich um und sagt: Ja Mama?

Ihre linke Backe ist ganz dick, sie kaut heftig. Leerer Blick. Was isst du Gutes?, frage ich.

Sie tritt wortlos durch die Schiebetür in den Garten hinaus. Ich hinterher, hake mich unter, sie lässt es zu, kaut und kaut, die Hamsterbacke wird einfach nicht kleiner. Wir schreiten den Rundweg des Heimgartens ab, an den Hühnern vorbei, dem Teich, wir setzen uns auf eine Bank, blicken auf die Wiese, wo zwei lebensgroße Plastikkühe stehen, schwarzweiß gescheckt, Typ Holstein-Rind, im Hintergrund die Glarner Alpen, das volle Idyll.

Mutter deutet auf die *fake* Kühe und fragt kauend: Sind die beiden Hunde krank? Sie sind so still.

Nein, nein, antworte ich, denen ist warm, drum bewegen sie sich nicht.

Dann ist ja gut, antwortet Mutter und kaut und schluckt.

Oben auf der Abteilung kommt uns die Stationsschwester entgegen, Mutters Backe ist mittlerweile kleiner geworden.

Sie isst ein Taschentuch, erklärt die Schwester.

Hoffentlich eins aus Papier und nicht aus Stoff, antworte ich. Ja, Papier, sagt die Schwester. Dann ist ja gut, sage ich.

Bild von meiner Mutter und mir:

Heute vor sechzig Jahren geschah der Unfall. Buche das einzige Zimmer, das sich ad hoc finden lässt, in einem Seminarhaus mit Blick über den Walensee, in dem hoch gelegenen Dorf, das Vater und Onkel querten, bevor sie den Berg hinab und ins Verderben fuhren. Ein bisschen die Gegend anschauen, vielleicht zwei, drei Altersheime besuchen, nach Ernst Traxler fragen oder nach dem damaligen Pächter des *Hotel Schwert*. Um hinzugelangen, nehme ich (und die Hunde) die Unfallstrecke, fahre Vater gewissermaßen entgegen, beäuge wieder die Rechtskurven, denke wieder an Vermont, entdecke eine weitere Gaststube, jetzt sind es drei. Irgendwo hier war's. Ein Blumenstrauß baumelt an einem Viehzaun, Vater ist offenbar nicht der einzige Unfalltote. Halte an, steige aus, überquere die Straße, will zum Blumenstrauß, sehe, er ist aus Plastik, drehe mich um, ein riesiger Amerikanerschlitten fährt direkt auf mich zu, knallrot, ein *Chevrolet*. Mir wird schwindelig, ich werde doch nicht halluzinieren?! Dann noch eine alte Kiste, gediegen mattbeige, langsam tuckernd, gluckerndes Motorengeräusch. Später ein Cabrio, das Interieur so mintgrün wie der Lack, erkennbar der Schriftzug *Thunderbird*, darin zwei Menschen mit Cabriokappen und Fliegerbrillen. Mir dämmert: In der Gegend gibt's ein historisches Autotreffen. Ich schließe mich dem *Thunderbird* an, folge ihm, wir biegen ins Linthtal Richtung Glarus ab, fahren zum Flugplatz Mollis, Plakate haben den Veranstaltungsort verraten: *Burn Out Mollis – American Cars & Bikes*. Immer mehr alte Amerikaner haben sich uns angeschlossen, ein Oldtimer-Konvoi – und ich mittendrin in meinem ordinären Japaner, aber immerhin zwei Hunde dabei, die kleine Rote reckt den Hals weit aus dem Fenster, flatternde Ohren im Fahrtwind, als ob sie sagen möchte: *Show können wir auch*.

Ich parke am Ende des Flugfelds, bei den anderen *non-Americans*. Die Hunde würden gern über die Auen zum Fluss rennen, bleiben aber an der Leine, zu viel Tumult hier. Die Ebene ist breit und saftig grün, eingerahmt von Bergen, die Atmosphäre dramatisch, ein Unwetter zieht auf, schwarze Wolken dräuen in den Tälern im Westen. Hineingeworfen in diese Szenerie wie bunte Bonbons die alten Autos, so viele Modelle aus den 1950ern, *Studebaker, Ford Mustang, Dodge Challenger*, Pick-ups, als ob gleich der Farmer käme, der ganze amerikanische Straßentraum an einem Ort, Design von seiner besten Seite, allein für die eleganten Rückleuchten unterhalb der grazilen Flossen eines *Mercury* lohnt sich der Besuch. Zudem die Farbenpracht, ein fröhliches Stelldichein an hübschen Karosseriefarben, Dunkelviolett, Perlmutt, Grün in allen Schattierungen und immer wieder Babyblau. Warum nur wollen heutzutage alle graue und schwarze Autos fahren, wollen verschwinden in der gleichförmigen Unscheinbarkeit und gleichzeitig protzen mit hubraumstarken SUVs? Was auffällt: Kaum jemand ist so gestylt wie sein Auto, einzig ein schmuck gekleidetes Paar fällt aus dem Rahmen: er mit Mütze, Knickerbockern, Hemd und Weste mit Einstecktuch, sie in einem zauberhaft geblümelten Kleid, so klatschmohnrot wie ihr alter *Ford*, sie sind perfekt assortiert. Man hört amerikanischen Rock, die Musik dröhnt aus enormen Boxen, immer mal wieder ein Knall und Rauchschwaden, alte Autos machen Dreck, dann plötzlich sehe ich über die Köpfe einer Menschenmenge hinweg einen *VW Käfer* ruckeln, hin und her, ich gehe näher: *Herbie*, die unvermeidliche 53 aufgeklebt. Ein echter *Käfer* ist es allerdings nicht, sondern ein *Beetle*, diese Designtragödie. Der Wagen hat keine Räder, ist aufgebockt, unter ihm vier fette Reifen, übergroß, ich frage leicht peinlich berührt jemanden, was das ist, und der antwortet leicht peinlich berührt: ein *Monstercar*. Das Ungetüm brettert auf zwei geparkte Autos zu, rammt sie, versucht sie zu überrollen, Männer johlen. *Herbie* nimmt neuen Anlauf, kracht zurück, nächster Versuch, er rollt einfach über die geparkten Wagen wie über einen Hügel, Blech knirscht, Männer johlen lauter. Meine Naivität ist schon bemerkenswert, schon so oft in den USA gewesen und noch nie eine *Monstercarshow* gesehen. Der aufgebockte *Beetle* scheint entfesselt, wie ein verletzter Stier, der in verzweifelter Wut in der Arena um sein Leben kämpft, nur dass der Kampf hier gegen zwei Autos geführt wird, die platt und platter werden. Was für eine seltsame Koinzidenz, ausgerechnet an diesem Tag auf eine Freizeitzerstörungsorgie zu stoßen, auf krachendes Metall, auf zerquetschte Autos. Das wird mir alles zu viel, wir gehen über die Wiesen, die Hunde dürfen rennen, im Hintergrund erklingt *You give Love a Bad Name*, Donnergrollen, Blitzgewitter, aber kein Regen, die Gewalt der Natur zeigt sich in all ihrer Schönheit.

Ich steige ins Auto, kurve durch die Gegend, in mehr als einem Dorf gibt es ein *Schwert*, ich finde das richtige, es liegt direkt an der Landstraße, über einem Autoabstellplatz die

Terrasse, hübsch gedeckte Tische mit beigen Stoffservietten, Sonnenschirme in strenger Ordnung, Lastwagen donnern vorbei, gegenüber die Felswand des Wiggis, ein mächtiger Berg, kantig und schroff, 1800 Meter ragt er hoch, das muss man sich vorstellen: 1,8 Kilometer Fels direkt vor einem. Das ist schon ein beklemmender Ort, wahrscheinlich muss man hier aufgewachsen sein, um das auszuhalten. Die Kellnerin sagt, sie störe es nicht, im Gegenteil, der Wiggis beruhige sie, der Berg sei ihr Schutz gegen die Welt da draußen, sie stammt von hier. Ich betrachte das Haus, die untere Fassadenhälfte ist rot gestrichen, oben rauher beiger Putz, blutrote Fensterläden. Unter dem Dach liegen wohl die Zimmer, die man früher *Fremdenzimmer* nannte, in einem von ihnen wird Traxler gewohnt haben, wird auf diese Felswände geblickt haben, wenn er am Fenster stehend eine Zigarette rauchte. Doch irgendetwas irritiert, Bauvisiere ragen von den Ziegeln in die Luft, die Kellnerin sagt, das Dach sei ausgebrannt, bald werde renoviert und aufgestockt. Die Wirtin kommt, deckt weiter ein, ich versuche zu plaudern. Ich frage, ob sie die früheren Pächter kennt, ich sei auf der Suche nach einem von ihnen. Nein, sagt sie knapp. Ich frage weiter, ob es Dokumente zur Historie des Hauses gebe. Sie antwortet, beim Brand sei alles vernichtet worden, es gebe nichts. Sie will nicht einmal wissen, warum ich so neugierig bin. In dem Moment wird klar, dass ich *frömde Fötzel* nicht einfach daherkommen und Einheimische ausfragen kann, dass einer unbekannten Städterin bestimmt keine Auskunft über irgendetwas im Dorf gegeben wird, dass ich per se suspekt bin, dass es ein

Außen und ein Innen gibt und dass das Innen heilig ist (so wie überall).

In Glarus, der kleinsten Kantonshauptstadt der Schweiz, fallen mir alten Hobbydendrologin als Erstes die Mammutbäume auf, schon an der Landstraße hinter dem *Schwert* wuchsen zwei, nah an alten Villen dran. Mitte des 19. Jahrhunderts hat der britische Pflanzensammler William Lobb Samen aus Kalifornien nach Europa importiert, eine richtige Sequoia-Euphorie entbrannte damals, jeder Fabrikant und Großbürger, der etwas auf sich hielt, wollte einen Riesenmammutbaum im Garten haben. Glarus sieht anders aus als hierzulande üblich, die Stadt ist im Schachbrettmuster gebaut, was ihr einen modernen Touch verleiht, etwas Weltstädtisches, einen Hauch von Haussmann'scher Ästhetik, von mittelalterlicher Altstadt keine Spur. Das liegt daran, dass in einer Föhnnacht im Mai 1861 ein Feuer ausbrach, drei Viertel der Gebäude wurden zerstört, die Hälfte der Einwohner obdachlos. Der Wiederaufbau dann eben: im Schachbrettstil, Holzbauten im Zentrum wurden verboten, Sicherheitsmaßnahmen für die Zukunft (hat funktioniert). Die Mammutbäume wurden wahrscheinlich nach dem Brand gepflanzt, sind also keine zweihundert Jahre alt, aber dennoch groß, die größten Bäume weit und breit. Dicht bewachsene Gärten, hinter hohen Mauern auch, dann plötzlich ein Schild inmitten des Grüns – FRIEDHOF. Ein kurzer Schreck, ich denke: Vielleicht liegt er da.

Weiter hinten dann der berühmte Landsgemeindeplatz, lang gezogen und größer als erwartet, der Ort, an dem jeden ersten Sonntag im Mai das Volk zusammenkommt, um erst zu diskutieren und dann zu wählen, mit erhobener Hand, den farbigen Stimmzettel in der Hand, mehr direkte Demokratie geht wirklich nicht. Es ist aber auch der Platz, auf dem Traxler stand (und womöglich nächsten Mai steht) und der Richter, der ihn quasi freigeschaufelt hat im Prozess *(zwei Iiheimischi und dä Tschingg)*, weil man sich eben kennt (damals noch: unter Männern) oder verwandt ist oder zusammen Karten spielt, vielleicht hat er ihn sogar gewählt, den Richter, denn das ist es, was an der Landsgemeinde auch geschieht:

«Die Landsgemeinde Glarus ist zuständig für die Verfassungs- und Gesetzgebung, für die Festsetzung des Steuerfusses und wichtige Sachentscheide. Sie wählt den Landammann (Regierungspräsident) und den Landesstatthalter (Vizepräsident) aus dem Kreis der an der Urne gewählten Regierungsräte sowie die Richterinnen und Richter. Alle Stimmberechtigten (Stimmrechtsalter 16) haben das Recht, Anträge auf Unterstützung, Abänderung, Ablehnung, Verschiebung oder Rückweisung zu stellen. Man nennt dies ‹raten, mindern, mehren›. Damit unterscheidet sich die Glarner Landsgemeinde von anderen Landsgemeinden und Urnenabstimmungen, bei denen das Volk nur ‹Ja› oder ‹Nein› sagen und keinen direkten Einfluss auf die kantonale Politik nehmen kann. Jede stimmberechtigte Person kann jederzeit, ohne Unterschriften sammeln zu müssen, Anträge zuhanden der Landsgemeinde einreichen. Die Stimmabgabe erfolgt durch das Hochhalten des farbigen Stimmrechtsausweises. Die Mehrheit ermittelt der Landammann durch Abschätzen. Meldet sich niemand zu Wort, gilt das Geschäft als angenommen.»

Da gibt es diese Bekannte, die erzählte, wie sie mit ihren sechzehn Jahren vorne auf der Tribüne leidenschaftlich erörtert habe, warum junge Menschen wie sie stimmen wollten, wie aufregend das gewesen sei, alle Augen auf sie gerichtet, der erste öffentliche Auftritt ihres Lebens, sich dem Volk aussetzen, und wie stolz sie auf sich und ihre Glarner Mitbürger war, als die tatsächlich *Ja* sagten zum Wahlalter 16, ein Freudenfest sei das gewesen und für sie die Gewissheit, dass diese Form der Demokratie die weltweit beste sei.

Auf der Fahrt von Glarus ins Seminarhotel schnell ein Zwischenstopp im lokalen Alterszentrum. Ein lang gezogener Siebzigerjahrebau, Sichtbackstein und Beton, orange-gelbgestreifte Sonnenstoren, Hängegeranien auf jedem Balkon, die Kistchen präzis mittig platziert, uniformer Rasterlook, egalitäres Dasein – bloß keine Beunruhigung im Alter. Den einen Hund nehme ich mit, den ruhigen schwarzen Kurzbeinigen mit den großen Ohren, ein Sympathieträger, er setzt sich gern auf fremde Füße, manche Menschen mögen das. Der Empfang ist nicht besetzt, aber eine Mitarbeiterin tritt aus dem Büro in den Vorraum. Ich frage nicht, ob ein Herr Traxler hier wohne, sondern sage dreist, dass ich zu Ernst Traxler möchte.

Sie runzelt die Stirn: Der Name ist mir nicht bekannt.

Aber er wohnt doch hier?!, frage ich.

Hmm, sagt sie. Und dann: Sind Sie eine Verwandte?

Die Nichte, lüge ich und schäme mich gleich, nicht wegen der Lüge, sondern dafür, diesen Mann für eine Sekunde in meine Familie aufgenommen zu haben, das wird das letzte Mal gewesen sein.

Sie wiederholt: Der Name ist mir nicht bekannt.

Ein Stimmchen kräht von weiter her: Den Traxler kenn' ich, der war im Ring, *meinerzeit*.

Ich linse um die Ecke. Hinter dem Betonpfeiler sitzen drei Greisinnen nebeneinander auf einem roten Sofa, eine verschwindend klein, eine bucklig und schief, eine mit auffällig lilafarbener Frisur (hinter ihnen eine emaillierte Wand, knallorange, die volle Farbenpracht). Das Stimmchen gehört zu der Kleinen, sie ist so winzig, dass ihre Füße direkt in die Luft hinaus recken; sie strahlt mich an.

Die lila Ondulierte sagt: Hören Sie nicht auf sie, es redet dummes Zeug.

Im Ring?, frage ich.

Ja ja, der Traxler war früher z' Mollis im Ring, kräht die Kleine.

Ich denke an Schwingen und Ringen, an den *Hosenlupf*, an massige haarige Männer, die sich umarmen und in die kurzen Überhosen greifen und einander nach mir unverständlichen Regeln herumschleudern und auf den Rücken ins Sägemehl zwingen und dann aufeinanderliegen, dass die *Bear Community* ihre Freude dran hätte; bei einem Unentschieden werden sogar Noten nach attraktivem oder unattraktivem Kampf vergeben, und am Ende ist einer Schwingerkönig (bei Vergnügungen wie diesen zerfällt die Nation dann doch sehr in städtische und ländliche Gebiete).

Sie meinen, er war Schwinger?

Ja ja, er schwingt immer hin und her, hin und her!

Der Hund setzt sich vor die drei Damen.

Der schielt ja, ruft die Krumme.

Stimmt, sage ich, er hat einen Silberblick.

Silberblick, kichert die Kleine.

Haben Sie von jenem Herr Traxler gesprochen, der im *Schwert* gearbeitet hat, *seinerzeit*?, frage ich.

Das Schwert schlitzt dem Trax die Räder, kräht die Kleine.

Sehen Sie, es redet Blödsinn, sagt die Ondulierte – und zu der Kleinen: *Du schwätzisch aber au äs dumms cheibe Züüg!*

Ich verabschiede mich, wir gehen zum Ausgang, die Mitarbeiterin steht in der Bürotür und blickt uns durchs Fenster hinterher, ich fühle es genau.

Abends lese ich über den Brand von Glarus, eine abenteuerliche Angelegenheit, in die sogar der Vatikan involviert war. Es ist bis heute ungeklärt, wie es 1861 zu dem verheerenden Feuer kam, das innerhalb weniger Stunden die Hälfte der Stadtbewohner obdachlos werden ließ. Neueste Forschungsergebnisse gehen von Brandstiftung aus, auch die Namen der potenziellen Feuerleger werden genannt: der Kaminfeger Heinrich Engler und der Hilfsarbeiter Ulrich Göldi (*Engler und Göldi*: klingender Filmtitel). Die beiden juvenilen Kleinkriminellen heuerten nach dem Brand im Vatikan als Söldner an, begingen bald Fahnenflucht, landeten im klerikalen Kerker, ihnen drohte Galeerenhaft. Engler hatte vor seinen Kumpanen lauthals damit angegeben, Glarus angezündet zu haben, es stellt sich im Nachhinein die Frage, ob er nach Glarus ausgeliefert werden wollte, um nicht für zehn Jahre unter Deck im Mittelmeer schuften zu müssen, Galeerenhaft galt als drakonischste aller Strafen. Glarus wurde über Englers Geständnis informiert, doch die Behörden reagierten zurückhaltend. Der Brand lag sechs Jahre zurück, man war mit dem Aufbau der Stadt beschäftigt und nicht mit Ursachenforschung, zudem galten Feuersbrünste als gottgewollt. Weder der Vatikan noch Glarus waren daran interessiert, die Sache an die große Glocke zu hängen: Ein Katholik, der das reformierte Glarus anzündet, hätte die schwelenden Konfessionskonflikte noch mehr angeheizt, der Vatikan lehnte ein Auslieferungsgesuch ab, vermutlich in Absprache mit Schweizer Diplomaten, historische Quellen deuten daraufhin. Was aus Engler und Göldi wurde, bleibt unklar. Engler starb 1871, zehn Jahre nach dem Brand, wo und wie, ist nicht bekannt. Auch Göldis Ende ist ungewiss.

Auf der Heimfahrt wieder an der Unfallstrecke vorbei. Auf einem Tisch am Straßenrand stehen Schnittblumen zum Verkauf. Ich halte an und entscheide mich spontan für drei hochgewachsene Schwertlilien, kann mich farblich schlecht entscheiden, nehme zwei rote und eine weiße, denke zu Hause, dass es ein hübsches Symbol für unsere kleine Familie ist, Vater die weiße (weil tot), Mutter und ich die roten (weil am Leben) oder, neue Zuordnung: Vater und Mutter die roten (weil Liebe) und ich die weiße (weil allein). Zum Ende stelle ich sie einfach ein und denke: alles Kitsch. Später fällt mir der Blumenname auf, und dass mir das Hotel *Schwert* doch in den Knochen sitzt, ich betrachte das Trio nun argwöhnisch, als ob Traxlers Geist mit in der Vase hockte, beschließe aber, die Schönheit der Blumen über die dunklen Geister zu stellen, bis mir nachts wie aus dem Nichts einfällt, dass die Schwertlilien überhaupt keine Schwertlilien, sondern Gladiolen sind.

Mutters Mutter starb vier Tage nach Mutters Geburt an einer Sepsis, der Landarzt hatte behauptet, das Fieber sinke schon wieder, das sei nicht ernst zu nehmen. Mutters Mutter wurde achtundzwanzig Jahre alt. Deren Schwester Emmi hat sich viel um den Säugling gekümmert und später erzählt, sie könne keine weißen Blumen ertragen, weil das ganze Haus voller weißer Blumen gewesen sei, als man die junge Frau aufgebahrt habe, es habe sich im Dorf herumgesprochen, dass Farben nicht erwünscht seien. Mutter kann ebenfalls keine weißen Blumen ertragen, sie fühlt sich schuldig am Tod der Frau, die ihr das Leben schenkte. Sogar wenn sie später wie alle anderen Mädchen selbst geflochtene Kränze aus *Geissenblüemli* im Haar trug, plagte sie das schlechte Gewissen. All das fällt mir ein, als ich die weiße Gladiole betrachte, deren Blüten schneller braun und unansehnlich werden als die der beiden roten.

IM KAFFEEHAUS 7 (über Schuld und Sühne):
Deine Mutter trägt selbstverständlich keine Schuld am Tod ihrer Mutter, sagt Henri.

Selbstverständlich nicht. Das war ihr durchaus bewusst. Aber subkutan schwingt da halt doch was mit.

Schuldgefühle wird man schlecht los.

Ob Traxler später die Unfallstrecke wohl wieder gefahren ist?, frage ich.

Das glaube ich kaum, es ist doch das Normalste, dass man da nicht mehr langfährt, sagt Isadora.

Oder erst recht, um nach und nach zu vergessen?, fragt Henri.

Isadora nickt. Was es durchaus gibt: dass man sich so etwas als Buße selbst auferlegt, dass man sich kasteien und geißeln will, um die Schuld abzubauen. Um zu sühnen.

Wir schweigen.

Früher haben sie Kapellen gebaut.

Wenn du religiös bist, findest du einen Weg zu büßen. Die katholische Kirche gibt dir viele Möglichkeiten, sagt Henri. Als Protestant weißt du nie, was Gott denkt, antwortet Isadora. Ob er dir verzeiht. Dadurch bist du verunsichert. Wenn dir aber ein Priester sagt, mach mal drei Rosenkränze und dann ist gut, ist das schon erleichternd.

Die Katholen bei uns im Dorf hatten richtig Mitleid mit mir, weil ich nicht beichten konnte. Die Eltern meiner besten Freundin schlugen immer die Hände über dem Kopf zusammen: Der arme Junge! Seine Sünden werden addiert!

Mutter hat oft erzählt, wie die Kinder im Aargau einander beschimpften: *Katholisch rossbollisch,* schrien die einen. *Reformiert, d' Hose verschmiert,* die anderen.

Ich hatte einen Schulkollegen, Christoph hieß der, erzählt Henri, da ging die ganze riesige Familie am Sonntag beichten, die marschierten wie am Schnürchen aufgereiht an unserem Haus vorbei. Auf dem Rückweg stürmten die Kinder in unseren Garten und rissen die Zwetschgen von den Bäumen. Als ich wütend rausstapfte, rief Christoph triumphierend: *Wir haben grad gebeichtet, jetzt können wir wieder stehlen!*

Erinnerung an das einzige metaphysische Ereignis meines Lebens, für ein Literaturmagazin beschrieben:

DIE STIMME (2020)

«Der Himmel hat sich geschlossen, kein Trommeln und Tosen mehr, kein Funkeln und Blitzen, nur noch monotone Gräue und dünner Regen. Die gewaltige Stimme, die alles durchdrang, ist verstummt.

Was, bitte schön, war das?

24 Stunden zuvor: Zwei freistehende Zapfsäulen aus den 1940er-Jahren, daneben eine Lodge aus derselben Zeit, Bruchsteinwände, grob geschichtet, der Kamin das dominierende Element. Stünden da nicht drei moderne Autos, man könnte sich um ein halbes Jahrhundert zurückversetzt fühlen. Ein Briefumschlag steckt neben der Tür, der Zimmerschlüssel darin, kaum andere Gäste in der *Stony Creek Lodge*, zu früh im Jahr, die Saison

hat erst begonnen, vorhin hat es geschneit. Das doppelgeschossige Entrée ist holzverkleidet, der Teppich knirschendweich und blumengemustert, rote Ledersofas im Frank-Lloyd-Wright-Stil, glimmendes Holz im Kamin, die Treppe knarzt beim Hochgehen, fleckige Läufer im Flur, das Zimmer düster, die Fenster klein: ein altersschwacher, ein heimeliger Ort.

Seit Tagen alleine unterwegs; von Utah nach Kalifornien gefahren, mit kaum einem Menschen mehr als zwei Sätze gewechselt, ein längeres Gespräch nur mit einem Förster in Utah, einem leidenschaftlichen Republikaner, der den Staat hasst und als Parkangestellter doch von ihm lebt. Der Zweck der Reise: Bäume besuchen für ein Buch über die ältesten Bäume der Welt, die höchsten, dicksten, voluminösesten; mehrere Rekordhalter stehen in den USA, den Größenwahnsinnigen im Weißen Haus würd's freuen. In Utah lebt der *Pando*, ein eigentümlicher Baum, er besteht aus 47 000 Stämmen, ist vor rund 80 000 Jahren gekeimt, ein einzelnes Bäumchen, das sich teilt und teilt, eine Zitterpappel, *quaking aspen*, aus der Ferne glaubt man, es sei ein Birkenwald. 80 000 Jahre – eines der ältesten Lebewesen des Planeten, der Anblick war betörend, die zeitliche Dimension allerdings eine Überforderung fürs eigene Vorstellungsvermögen. Dann, nach Hunderten Kilometern Fahrt durch die Wüste, vorbei an trostlosen Siedlungen, die Suche nach dem ältesten bekannten Einzelbaum der Welt, einer knorrigen Zirbelkiefer, einer *bristlecone pine*, die auf über 3000 Metern Höhe in den White Mountains wächst, Einsamkeits- und Erhabenheitsgefühle, alleine da oben im Schnee mit diesen bizarren Winzlingen, die schon lebten, als es noch keine Pyramiden in Ägypten gab, vom Christentum ganz zu schweigen. Und nun der *General Sherman Tree*, der voluminöseste Baum weltweit, mit einer Geschichte, die amerikanischer kaum sein könnte, denn einst nannten ihn Utopisten *Karl Marx Tree*, ein Name, der wegradiert werden musste, weil Karl Marx hierzulande des Teufels ist, jetzt ist er nach einem Bürgerkriegsgeneral benannt. Und dieser Mammutbaum, der dreitausend Jahre lang namenlos blieb, bevor die Menschen aus ihm ein Symbol für dieses oder jenes machten, wächst unweit der *Stony Creek Lodge* im Sequoia National Park, 84 Meter ist er hoch. Der erste Besuch bei ihm abends kurz vor Sonnenuntergang, ein Schockmoment, er ist noch größer als erwartet: ein Koloss. Vom Parkplatz ist es ein kurzer Spaziergang, ein klug geplanter Weg, er schlängelt sich in die Tiefe, ein Aussichtsplateau mitten im Wald ermöglicht den Blick auf die Krone, die ein eigenes Universum bildet, danach geht es hinab, zwischen all diesen roten Riesen durch, die Mammutbäume sind an ihrer Rinde gut zu erkennen zwischen den anderen Nadelbäumen, sie ist rot und tief gefurcht und feucht. Sie stehen in Gruppen herum, alles nahe Verwandte, weil die Samen zu schwer für weite Reisen sind. Verwandte, die hundert, tausend, zweitausend oder auch dreitausend Jahre alt sind. Die Dämmerung setzt ein, Hirsche stolzieren vorbei, es knackt und zirpt und zwitschert, unbekannte Geräusche rundum, kein Mensch weit und breit. Schnell zurück in die Lodge, Wälder sind unheimlich so ganz allein. In der Nacht verfliegt die Beunruhigung und weicht beglückender Einsamkeit, fremde Laute von Tieren, ach die sind auch da.

Frühmorgens dann schnell weg, bloß mit niemandem sprechen müssen, wieder die viertelstündige Fahrt zum *General*

Sherman Tree, jetzt ist er schon ganz vertraut, ein unerschütterlicher alter Freund, der einem die eigene Bedeutungslosigkeit auf liebenswürdige Art klarmacht: *Ich lebte schon, als ein jüdischer Wanderprediger aus Nazareth die Welt veränderte, und ich werde noch leben, wenn du längst tot bist.* Besucher gehen staunend um den Baum, die Köpfe in den Nacken gelegt, so verdammt hoch ist er, *pretty damn high*. Ein Weg führt tiefer in den Wald, weg vom *Sherman*, weg von den Leuten, ein seltsamer Nebel zieht zwischen den Stämmen durch, lässt die Farben abmildern, das Grün der Nadeln, das Rot der Stämme, alles ergraut, Feuchtigkeit im Gesicht, Stille, auch die Vögel schweigen. Ein junger Mann kommt den Berg hinabgestolpert, mit geschultertem Schlafsack und kleinem Gepäck und verklärtem Lächeln, beim Vorbeigehen riecht sein lockiges Haar nach Rauch, er hat zwischen diesen uralten Bäumen gecampt, er ist zu beneiden. Wie herrlich muss es sein, am Fuß dieser Bäume zu schlafen, wie herrlich muss es sein, in diesen Wäldern zu leben? So wie vor hundertzwanzig Jahren die marxistischen Utopisten in ihrer Kolonie. Wie klein fühlt man sich zwischen all diesen Bäumen und wie beschützt. Der Wald nimmt Besitz von deinem Körper, du wirst zu einem Teil von ihm. Teil eines Mammutbaumwaldes sein, das wäre was, verloren gehen in ihm. Plötzlich ein Bär, massiger Körper, schwingender Schritt, wiegender Kopf. Bloß weg hier, doch nicht zu schnell trotz klopfendem Herzen. Zurück zum Auto, ein bisschen nach Norden fahren. Der Nebel ist in feinen Regen übergegangen, es ist düster, als ob schon Abend wäre, dabei ist es mitten am Tag. Dann kein feiner Regen mehr, sondern lautes Trommeln, als ob Kieselsteine auf das Auto prasseln würden, Blitze und Donner, Fahren im Schritttempo, eine Lichtung tut sich auf, einst hat es hier gebrannt, verkohlte Baumstumpfreste wie schwarz behandschuhte Finger überall. Und dann geschieht es, auf dieser Lichtung, wo endlich Himmel sichtbar ist, ein dunkler Himmel, der für einen Moment aufreißt, grell wird, ich spüre eine Stimme, es ist nicht so, dass ich sie höre, ich spüre sie, es ist die Stimme meines Vaters, den ich nicht kannte, der im Auto starb, als ich kein Jahr alt war, den ich nie vermisste, eben weil ich ihn nicht kannte, dieser Mann ist hier, er ist bei mir, er ist der Wald, er ist diese Jahrtausende alte Bäume, er ist der Regen, er ist mein Beschützer, ich bin er, alles tost, außen und in mir, ich halte den Wagen an, weine zum ersten Mal in meinem Leben um meinen toten Vater, der wie Jesus mit dreiunddreißig starb, es ist nur ein kurzes Weinen, dann hört der Regen auf, ich spüre keine Stimme mehr, keinen allgegenwärtigen Vater, es ist vorbei, alles ist normal, ein endloser kalifornischer Wald, durch den sich ein nass glänzender Asphaltstreifen zieht, eine Frau in einem zu großen Auto, die zeitlebens von sich behauptet hat, Atheistin zu sein und der sich urplötzlich eine nie gedachte Möglichkeit eröffnet hat: Vielleicht ist da doch mehr.»

Eine neue Spur. Es gibt ein Buch über eine Magdalena Traxler, die von 1890 bis 1957 in der Ostschweiz lebte. Eine Sozialwissenschaftlerin hat die Biografie dieser Frau aufgearbeitet, einer Frau, die von den Behörden aufs Übelste behandelt wurde, der man ihre sechs Kinder weggenommen, die man wegen Ungehorsam und Abtreibung entmündigt, verurteilt und weggesperrt hat. Vielleicht ist eines ihrer Kinder Ernst Traxlers Vater.

Frau Imboden steht in der Tür. Darf ich reinkommen?, fragt sie, ich bin ganz allein.

Mutter bleibt teilnahmslos, ich antworte: Aber ja, gesellen Sie sich zu uns.

Frau Imboden setzt sich aufs Bett. Sie ist eine kräftige, hochgewachsene Frau, größer als ihr Mann und ihr Sohn, sehr gepflegt, das gefärbte Haar wohlfrisiert, mit einer Vorliebe für voluminösen Modeschmuck und Kleidung mit Tierfellmusterung. Sie schaut mich mit schreckensstarren Augen an: Mein Mami hat mich hier abgegeben. Was soll ich bloß tun?

Vielleicht holt dich das Mami bald wieder ab?, versuche ich sie zu beruhigen.

Sicher nicht, es lässt mich für immer hier!

Frau Imboden beginnt zu weinen.

Das ist traurig, sage ich. Warum hat es dich denn abgegeben?

Mami und Papi streiten viel. Da habe ich gestört.

Das ist ein guter Ort hier, sage ich. Dein Mami hat klug gehandelt, dich in Sicherheit zu bringen.

Frau Imboden nestelt an ihrem Armreif.

Ich lenke ab: Wollen wir draußen spielen gehen?

Ja, sagt Frau Imboden, das können wir wohl machen.

Mutter guckt weiterhin teilnahmslos.

In der Halle meines Lieblingshotels in den Bergen komme ich mit einer Schauspielerin und Theaterautorin ins Gespräch. Wir landen in kürzester Zeit bei den früh verstorbenen Vätern; sie war achtzehn Monate alt, als sie Halbwaise wurde, zehn Monate älter als ich also. Sie hat einen Geruch in der Nase, den sie mit dem Vater verbindet, auch ein haptisches Gefühl ist da, sie erinnert sich an einen Arm, an Umarmungen, an Wärme. Ich erinnere mich an: nichts. Das Abstruse an der Begegnung mit dieser Frau, die ich aus der Ferne seit fünfzehn Jahren beobachte (auf der Bühne, im Hotel) und für ihre lasziv verwunschene Art, ihren dunklen, oft abwesend anmutenden Blick, dem eine epische Tiefe und Traurigkeit innewohnt, der sie in jedem Alter schön sein lässt, bewundere, ist, dass sich unsere Biografien gekreuzt haben, wie wir nun feststellen: Fred, der Lover meiner Mutter, war der Architekt des Hauses, in dem sie aufgewachsen ist, und ihr Nachbar. Seine Kinder haben ihre Freizeit genauso mit ihr verbracht (in Zürich) wie mit mir (im Tessin). Und: Sie arbeitet an einem Text über den Vater, über Vaterlosigkeit. Wir sitzen in dieser großen Hotelhalle in alten, aber komfortablen Sesseln, rundum wird gesprochen und getrunken und im Hintergrund spielt auch Musik, wir aber sind in unserer gemeinsamen kleinen Welt und bestaunen einander wie Kinder, Geschwister im Erleben. Das Gespräch beruhigt mich insofern, als es meine Bedenken ein wenig zerstreut, dass es grenzenlos egozentrisch und uninteressant für andere ist, über ein fehlendes Elternteil nachzudenken, sondern dass es im Gegenteil mehr Leute betrifft als angenommen, solche, die aus niedergeschriebenen

Erfahrungen einer Fremden ihr eigenes Erleben neu betrachten können – und vice versa.

Immer noch im Lieblingshotel. Eine alte Dame spricht mich an, sie sei mit meiner Mutter befreundet gewesen. Ihr Sohn sei auch im Haus, wir würden einander kennen, wir hätten öfter in einer Plastikwanne geplanscht als Kleinkinder, selbstverständlich nackt, heutzutage wäre das wohl anrüchig, aber sie als Kinderkrankenschwester und meine Mutter als Röntgenassistentin hätten ein unverkrampftes Verhältnis zu Körpern gehabt. Eigentlich seien ihre Männer befreundet gewesen, beides Ärzte und im selben Alter. Manfredi habe ihren krebskranken Mann als Patienten gehabt, ihm das Kontrastmittel für die Untersuchung selbst gespritzt, unter Kollegen, so hätten sie einander kennengelernt und Zeit miteinander verbracht. Sie erinnere sich genau, wie ihr Mann eines Abends nach Hause kam und vor der Eingangstür stehen blieb, wie sie sein versteinertes Gesicht durch das Glasfenster gesehen habe, diese Erschütterung. Sie habe die Tür geöffnet und er habe gesagt: *Stell dir vor, Manfredi ist tot.* Wenige Wochen später sei er ebenfalls gestorben, an seinem Krebs, er wurde vierunddreißig Jahre alt.

So saßen wir da, wir traurigen jungen Witwen, mit unseren Babys auf dem Schoß, sagt sie.

Warum hat diese Freundschaft nicht gehalten?

Wir taten einander nicht gut, zu viel Schmerz, zu viel Schwärze. Rundum ging das Leben normal weiter, nur wir waren anders, fremd. Wir mussten einen Weg zurück finden und zusammen ging das nicht. Ich habe wieder geheiratet, noch ein Kind bekommen, deine Mutter blieb allein. Jede trifft ihre eigene Entscheidung, was für sie richtig ist.

Mit dem Plastikwannengefährten verabrede ich ein Treffen in Berlin, auch ihn hat es dorthin verschlagen. Ich möchte erfahren, was der frühe Verlust des Vaters für ihn bedeutet hat. Ob es eine Erinnerung an die unglückliche Mutter gibt (ich bilde mir ein, ich hätte meine sich in den Schlaf weinen gehört, jahrelang), ob er es geschafft hat, ihre Trauer auszuhalten, anders als ich, die ich mich verschreckt aus dem Staub gemacht habe, sobald es das leiseste Anzeichen davon gab.

IM KAFFEEHAUS 8 (über frühe Bindungen):
Die Samstagspostmarktrunde hat sich vergrößert, neben Isadora und Henri ist nun auch Munz dabei, selber Jahrgang wie Henri, ein Endsiebziger also, Pianist, Psychotherapeut und Philosoph, die Studien hat er in dieser Reihenfolge absolviert. Munz hat ein Faible für modische Kleidung, wir Frauen sitzen da mit diesen gut angezogenen, hochgewachsenen Herren, vorbildlich beide, was kultiviertes Altern angeht.

Ich erzähle von der Begegnung mit der *traurigen jungen Witwe*.

Eine schwere Aufgabe für ein Kind, die Mutter vor Trauer und Depression schützen zu müssen, sagt Isadora. Du versuchst das, aber es ist eine Überforderung, eine Zumutung eigentlich.

Ist man wirklich fürs Leben geschädigt, wenn in der frühkindlichen Bindung etwas schiefläuft?, fragt Henri.

Irgendetwas läuft immer schief, sagt Isadora.

Ich bin gegen Determinismen, antwortet Munz. Natürlich gibt es diese wunderbaren Experimente über Bindungsqualitäten, sicher-gebunden, unsicher-vermeidend gebunden etc., wo man die Kinder von der Bezugsperson wegkrabbeln lässt, kein Kind mit sicherer Bindung entfernt sich weiter als dreißig Meter. Das unsicher gebundene Kind krabbelt ungeniert davon. Aber: In der Adoleszenz kann das anders werden, das geht nicht zwingend linear weiter, unsicher-gebunden muss man nicht bleiben.

Es geht um DIESES Kind und DIESE Mutter, sagt Isadora. Das klassische Experiment ist ja, dass die Mutter den Raum verlässt und man schaut, was passiert, wenn sie zurückkommt. Das eine Kind ist beleidigt fürs Leben, das andere freut sich einfach nur, dass sie wieder da ist.

Ich geriet in totale Panik, wenn Mutter wegging, ich habe mich am Treppenhausgeländer festgeklammert und das Haus zusammengebrüllt, wenn sie nur Post aus dem Briefkasten holte, das erinnere ich noch, da war ich etwa vier, sage ich.

Tja, sagt Isadora, bei mir war's anders. Meine Mutter erklärte lauthals, als sie mit mir schwanger war, *ich hab' schon vier, ich will nicht noch eins*. Sie landete deswegen sogar in der Psychiatrie, der Arzt meinte, *Sie können das Kind bei mir lassen, ich hab' nämlich keine.* Ich dachte, hätte sie mal machen sollen, hätte ich bessere Verwandtschaft gekriegt.

Aber das fantasiert sich doch jedes Kind, dass es woanders besser gewesen wäre, wirft Henri ein.

Pubertierende reden über ihre Eltern ja in einer Art, als ob die kurz vor der Debilität stünden, nur so kann man sich von ihnen lösen und für sich selbst verantwortlich werden, sagt Isadora.

Ein normaler Entwicklungsschritt, ergänzt Munz. Ich musste mich von meiner Mutter radikal befreien. Sie hat wörtlich den Satz gesagt: *Du warst in meinem Bauch drin, drum gehörst du mir.* Da war ich zwölf.

Isadora nickt. Das sagen viele Mütter, oder zumindest denken sie es.

Ich wurde obsessiv bewacht von ihr, was verständlich ist, ich war das Ersatzkind für meinen Bruder, der mit zwölf im See ertrunken ist, sagt Munz.

Das ist schrecklich.

Ja, die Eltern dachten, wenn sie genügend beten, schenkt ihnen Gott vielleicht noch mal ein Kind. Das war dann ich. Als Mutter mit mir schwanger war, trug sie Trauerkleider und weinte viel.

Wir haben schon eigenartige Geschichten, sage ich. Ein Kind als Ersatz für den ertrunkenen Bruder, ein totgefahrener Vater, eine ledige Mutter, die ihren Kindern die Namen der Väter vorenthält, eine Frau, die ihr Kind dem Psychiater schenken will.

Das Buch über Magdalena Traxler liegt weiterhin in Cellophan verpackt auf dem Nachttisch, bestes Symbol meiner Ambivalenz: einerseits wissen wollen, andrerseits Scheu vor dem Wissen.

Ob Traxler jemals versucht hat herauszufinden, wie Mutters und mein Leben verlief? Verfolgt hat, wie aus ihr, der jung verwitweten Röntgenassistentin, eine Abendschülerin wurde, eine Historikerin und Kunsthistorikerin, eine Kunstvermittlerin, eine Frau, die es nach der Pensionierung nach Berlin zog? Und aus mir eine Architektin und Bauleiterin, eine Zeitschriftengründerin, eine Schriftstellerin. Die Wahrscheinlichkeit, dass er irgendwo in einem Altersheim sitzt und liest, was ich so schreibe, tendiert selbstverständlich gegen null.

Gibt es Forschung darüber, wie Schuldige umgehen mit ihrer Schuld – ob sie die Lebenswege der Geschädigten verfolgen beispielsweise?

Anruf bei *RoadCross*, einer Stiftung für Opfer von Verkehrsunfällen. Sie beraten, vermitteln Anwälte, Psychotherapeuten, Selbsthilfegruppen. Sie gehen in Schulen und Jugendvereine, leisten Präventionsarbeit, versuchen Jugendlichen (ich vermute: Jungs) zu vermitteln, dass Rasen richtiger Mist ist, dass illegale Autorennen ein Verbrechen sind, dass man auf andere Weise cool sein kann. Die Stiftung hatte sogar eine Volksinitiative lanciert, die *Schutz vor Rasern* hieß. Die Forderung lautete: Raserei solle als qualifizierter Straftatbestand in die Verfassung aufgenommen werden, mit festgelegten Überschreitungstempi. Gedacht war das, um der Willkür einzelner Richter entgegenzuwirken *(dä Iiheimisch und dä Tschingg)* … Letzten Endes wurde ein Großteil der Initiative in ein Gesetz gegossen.

Die Telefonberaterin erzählt, dass Betroffene sehr unterschiedlich mit ihrem Schicksal umgingen, dass manche ihre Wut auf die Verursacher nie mehr loswürden, vor allem wenn sie schwer verletzt seien, gelähmt, im Rollstuhl, entstellt. Oder wenn jemand gestorben ist, ein derart sinnloser Tod sei kaum zu verkraften. Am schlimmsten sei es, wenn die Verursacher keinerlei Reue zeigten, sich nicht entschuldigten, einfach ihre Leben weiterlebten und man dasäße, alleingelassen, komplett wehr- und machtlos. Ich stelle mir vor, wie Mutter diese Ohnmachtsgefühle verdauen musste, als Traxler damals die Zeitung verklagen wollte wegen des Leserbriefs. Wie sie geschwiegen hat, diese Demütigung eingekapselt hat in ihrem Inneren, wie sie diese Frechheit sogar ihren Schwiegereltern verheimlicht hat, vor allem der Schwiegermutter Zora, weil sie befürchtete, dass die eine ihrer Partisanenpistolen aus der Geheimschublade gezogen hätte und aus Süditalien in die Schweiz gefahren wäre, um diesen *bastardo* zu erschießen (was ihr durchaus zuzutrauen gewesen wäre).

Bild von Vaters Eltern (die Slowenin und der Sizilianer):

Einmal durfte ich die Nord-Süd-Achse im Lokführerstand erleben. Ich bestieg den Zug in Bellinzona und fuhr bis Zürich, auf der alten Gotthardstrecke, also durch den historischen Tunnel, den von 1882 (dunkel, eng und das Gemäuer erstaunlich uneben, Mäuse und Ratten huschten vorbei). Das Cockpit war reduzierter als erwartet, der Lokführer ein kleiner, drahtiger Mann, Mitte vierzig vielleicht, ein gesprächiger Bursche, der sich über die Gesellschaft freute. Schnell wurden zwei Dinge klar: Die Sicht auf die Welt ist vom Führerstand aus eine ganz andere, eine vollumfängliche, nie sieht man Landschaft derart in der Totalen, denn anders als im Auto ist vor dir nichts, das den Blick stört, man fährt oft erhöht auf einem Damm, die Gleise ziehen dich nach vorn, rechts und links die Landschaft, alles rauscht vorbei und doch bist du mittendrin, es ist ein erhabenes Gefühl. Und, zweitens: Lokführer ist ein einsamer Beruf.

Wir hatten den Tunnel hinter uns, Vierwaldstätterseegegend, Weiden mit Kühen, fettes Grün, kurvige Strecke. Wir fuhren langsam, plötzlich sagte er: Hier kam sie die Böschung hochgesprungen, wie ein Rumpelstilzchen. Sie hat auf mich gewartet, hat mich abgepasst.

Wer, sie?, fragte ich.

Er sprach einfach weiter: Sie stand da, direkt vor mir, öffnete die Arme weit und lachte mich breit an – wusch, das war's.

Tot?, fragte ich.

Meine Vierte, sagte er.

Wie, die Vierte?, fragte ich.

Wie sie mich angelacht hat!, sie sah so glücklich aus.

Vier?!, fragte ich. Wie lange sind Sie denn schon Lokführer?

Zwölf Jahre, antwortete er, bei mir sind's mehr als bei anderen, Pech gehabt.

Alle drei Jahre ein Suizid, das ist ja Wahnsinn, sagte ich.

Ja, mir reicht es jetzt, man hält das nicht aus auf Dauer, einen weiteren ertrag' ich nicht, man bleibt allein mit seinen Toten, da hilft dir kein Psychologe. Ich wechsel' den Beruf. Ab Oktober arbeite ich im Modelleisenbahnladen in Lugano. Er lachte.

Ich lachte mit. Bitter alles.

Auf Mutters Station gibt es eine neue Bewohnerin. Alles an ihr ist schmal und dünn, das Gesicht, die edle Nase, die konturierten Lippen, das lange Haar, durch das vorwitzige Ohren lugen, einzig die übergroße grüne Brille bricht das ästhetische Konzept, die Frau sieht unverschämt und lustig aus, wie eine aufmüpfige Alte aus einer Graphic Novel. Es ist ihr erster Abend im Heim – *gekommen, um zu bleiben.* Irgendjemand muss sie heute abgeliefert haben, dieser schreckliche erste Tag; wahrscheinlich hat man sie belogen bei der Anfahrt, wohin die Reise geht und für wie lange, ziemlich sicher hat man sie belogen – wir lügen alle. Sie trägt einen ungewöhnlichen Namen, den sich selbst der Pfleger nicht merken kann, er kramt in der Tasche, holt einen Zettel hervor, kann nicht entziffern, ob der letzte Buchstabe ein L oder ein R ist, er fragt nach: Sie weiß es nicht. Der Pfleger geht, Mutter liegt auf dem Sofa eingerollt, die Neue stellt sich dicht vor mich hin und schaut mich an und an und an. Außerhalb von Liebeskontexten schauen Menschen einander nicht so an, nicht so nah, nicht so lange, nicht so genau. Ich streiche ihr übers Haar, sie sagt: *Du bisch äs Netts*. Sie ist hineingeworfen in ein neues Leben, das ihr Restleben ist, sie begutachtet nicht die Räume, nicht ihr Zimmer, sie steht einfach da im Flur und betrachtet den Menschen, der ihr zufällig gegenübersteht und es sich gefallen lässt.

Jetzt aber: Das Buch über Magdalena Traxler ist endlich dran. Schnell wird klar, sie kann nicht Ernst Traxlers Großmutter sein, ihre Kinder tragen nicht ihren Namen. Schnell wird aber auch klar, was für entsetzliche Frauenschicksale es gab, wie engstirnig das Umfeld sein kann und wie brutal der Staat, der ihr im Lauf der Jahre sämtliche Kinder wegnehmen, sie fremdplatzieren oder als Verdingkinder öffentlich feilbieten wird (*Verdingkind* ist ein schweizerischer Begriff, die Kinder wurden auf behördliches Geheiß den Eltern entrissen und zu Verwandten oder Fremden gegeben, auf *Verdingmärkten* versteigert, viele landeten in der Landwirtschaft, führten sklavenähnliche Existenzen, wurden sexuell ausgebeutet), damit nicht die Heimatgemeinde für sie aufkommen muss. Die 1877 geborene Traxler kommt als Tochter einer alleinstehenden Magd zur Welt, *eines liederlichen Weibsbilds*, ist also *illegitimer Herkunft* und hat so den schwerstmöglichen Start ins Leben, das geprägt sein wird von Fremdbestimmung, von männlicher Macht, von Männern, die sie schwängern, heiraten, verlassen, sie schlagen, zur Arbeit als Stickerin antreiben, sie demütigen und schikanieren, von Richtern, die sie wegen Diebstahls und des *Versuchs auf Fruchtabtreibung* und *gewerbsmäßiger Unzucht* verurteilen, alles nur, weil sie verzweifelt versucht hat, Geld zu verdienen, um die Kinder zu ernähren, damit sie ihr nicht weggenommen würden und dann doch werden, von Ärzten, die sie begutachten und internieren, und von Beamten, die ihr den Zugang zu den Kindern verwehren, sie von einem Wohnort in den nächsten verfrachten, wo keiner sie will. Es ist ein Leben einer bitterarmen Frau, die mit allen Mitteln versucht, den Alltag zu bewältigen. Wie ein Mensch so viel Mühsal und Erniedrigung aushalten kann, ist ein Wunder. 1948 wird schweizweit die Alters- und Hinterbliebenenversicherung eingeführt. Die letzten paar Lebensjahre werden für Magdalena etwas einfacher und weniger einsam, da sie ihre jüngste, gehbehinderte Tochter zu sich holen darf, die sich nach Magdalenas Tod als Wäscherin durchs Leben schlagen wird.

Uznach, Näfels, Kaltbrunn.

Kaltbrunn ist in den Schlagzeilen. Man wusste schon lange, dass die Familienmitglieder eines Glarner Luxusschokoladenunternehmens einer homophoben, evangelikalen Sekte angehören, teilweise sogar in leitender Position sind. Die Queer-Community boykottiert die Marke seit Jahren. Doch jetzt kommen neue Details ans Licht, das Fernsehen hat einen investigativen Film über die Geschichte des sekteneigenen Internats auf einem Gehöft in Kaltbrunn gedreht, es geht um Züchtigung, Missbrauch und Angst. Sektengründer Erlo Stegen war ein weißer Südafrikaner, er hatte die Gemeinschaft *Kwasizabantu* 1970 in der damaligen Provinz Natal ins Leben gerufen, Missionsableger entstanden auch in Deutschland und der Schweiz, Stegen starb erst neulich. Es kam im Laufe der Zeit zu internen Verwerfungen, die Mission wurde mehrmals umbenannt und hat sich neu formiert. Durch ihre Geschichte zieht sich ein blutroter Faden von Gewalt, Missbrauch und Demütigung. Und ich komme nicht umhin, an eine Recherchereise in Südafrika zu denken, die mich mehr bewegt hat als jede andere Reise zuvor. Weil ich mich wochenlang dafür geschämt habe, wie bevorzugt man mich behandelt, nur weil ich weiß bin. Ich erinnere mich an eine Straßenkreuzung, an der ein alter, zahnloser Schwarzer Mann mit einem kleinen Jungen steht, die Hand zum Betteln ausgestreckt. Wie ich in meinem Mietwagen an die Ampel rolle, ihm einen 100-Rand-Schein in die Hand drücke, er sich vor mir in den staubigen Boden auf die Knie wirft und sich vielfach bedankt, wie ich, entsetzt ob dieser Handlung, rufe: *please, don't do that*, und wie er aufsteht und sich genauso vielfach für sein Niederknien entschuldigt, was mich noch mehr erschüttert, und ich einfach nicht weiß, wie ich mit dieser Erniedrigung, die ihm ein Leben lang aufgezwungen wurde, umgehen soll, und wie es mich quält, dass der Enkel seinen Großvater in so devoter Haltung sehen muss. Ich weiß, dass die Apartheid durch Evangelikale geschaffen wurde, durch Herrenmenschen aus Holland, die sich erdreisteten, die Afrikaner zu unterdrücken, indem sie behaupteten, die Ungleichheit sei gottgewollt.

Die Gegend um Kaltbrunn ist dank des Chocolatierskandals in aller Munde. Eine Bekannte erzählt die Geschichte ihrer Studienkollegin, die zwei Dörfer weiter, in Niederurnen, zur Schule ging. Von deren Nachbar, der jede Einzelne seiner drei Töchter missbrauchte und eine von ihnen sogar schwängerte, die dann weggeschickt wurde, um das Kind in einem entfernten Kanton zur Welt zu bringen und zur Adoption freizugeben. Davon, dass man im Dorf über die Vergewaltigungen Bescheid wusste, aber niemand den Alten anzeigte. Davon, dass das Schweigen eine Gemeinschaft äußerlich zusammenhält und innerlich zersetzt.

Uznach, Näfels, Kaltbrunn, und nun auch: Niederurnen. Je mehr ich über die Gegend erfahre, desto dunkler und abgründiger kommt sie mir vor, aller landschaftlichen Schönheit zum Trotz. Dennoch, ein neuerlicher Besuch steht an: Ernst Traxler finden.

Erste Station ist die Staatskanzlei in Glarus. Ich frage die Frau im Sekretariat, ob es ein öffentlich zugängliches Geburts- und

Sterberegister gibt, ich sei auf der Suche nach einem Herrn Traxler, der alt oder verstorben sei, auch allfällige Nachkommen interessierten mich. Sie reagiert ablehnend, schickt mich weiter zur *Fachstelle Erbschaft* am anderen Ende der Stadt, die nur ein Städtchen ist. Die Hunde und ich spazieren dorthin, der Weg verengt sich, Hutzelhäuschen hinter heckenumrankten Gartenzäunen, eine Steinmauer, freier Blick auf eine Baustelle, plötzlich das Schild:

Anna Göldi (1734–1782)
Auf diesem Weg wurde sie als Opfer der Justiz und gesellschaftlicher Zwänge zur Hinrichtung geführt.

Anna Göldi ist hierzulande eine bekannte Figur, man hat in der Schule über sie gelesen, es gibt Filme, Bücher, Forschung, ein Museum. Sie ging als *letzte (hingerichtete) Hexe Europas* in die Annalen ein, obwohl Ende des 18. Jahrhunderts der Hexenglaube weitestgehend verschwunden war.

Anna Göldi war eine alleinstehende Dienstmagd aus Sennwald, laut historischen Quellen eine «fremdländische Person», die zwei oder drei Kinder zur Welt bringt, von denen das erste kurz nach der Geburt stirbt, woraufhin Göldi des Kindsmords angeklagt und verurteilt wird, eine gefallene Frau. Das zweite Kind ist von ihrem Dienstherrn Zwicky aus Mollis, es wird in Straßburg geboren und von fremden Leuten aufgezogen. Anna Göldi wird schließlich die Magd (und Geliebte/Ausgebeutete, je nach Lesart) von Dr. Tschudi, einem wohlhabenden Arzt aus bester Glarner Familie. Dieser «verbotene fleischliche Umgang» mit dem viel jüngeren, verheirateten Tschudi wird ihr wohl zum Verhängnis. Tschudis Ehefrau behauptet, Göldi habe das Annamiggeli, die neunjährige Tochter, «verzaubert», man habe Stecknadeln in der warmen Milch gefunden, mit denen das Kind getötet werden sollte, und Nadeln habe das Annamiggeli unter krampfartigen Zuckungen auch gespuckt, *Gufen* in großer Zahl. Das *Gufenspucken* kennt man von ostdeutschen Hexenprozessen, in der sächsischen Stadt Annaberg seien zu Anfang des Jahrhunderts zahlreiche Einwohner vom Teufel besessen gewesen und hätten unter rätselhaften Krankheiten wie ebenjenem *Gufenspucken* gelitten. Anna Göldi taucht kurzzeitig ab, wird steckbrieflich gesucht, die Beschreibung lautet: «ohngefähr 40. Jahr alt, dicker und grosser Leibsstatur, vollkommnen und rothlechten Angesichts, schwarzer Haaren und Augbraunen, hat graue etwas ungesunde Augen, welche meistens rothlecht aussehen, ihr Anschauen ist niedergeschlagen.» Sie wird verhaftet und gibt unter Folter zu, mit dem Teufel einen Pakt geschlossen zu haben, später widerruft sie. Am 6. Juni 1782 erfolgt das Todesurteil, am 13. Juni wird sie über ebendiesen Weg, den die Hunde interessiert beschnüffeln, zum Henkersplatz geführt und dort mit dem Schwert enthauptet. Es sei schwer gewesen, geeignete Scharfrichter zu finden, man hat sowohl für die Folter als auch die Exekution zwei katholische Männer aus dem St. Gallischen ins protestantische Glarus holen müssen, Franz Volmar aus Fischhausen bei Kaltbrunn (!) und den Chirurgen Jakob Volmar aus Wil. Der Gerichtsschreiber und unermüdliche Verteidiger Göldis, Melchior

Kubli, spielt dem deutschen Journalisten Lehmann illegalerweise die Prozessakten zu, dieser schreibt über den «berüchtigten Hexenhandel zu Glarus», wird des Landesverrats angeklagt und muss bis nach Genua fliehen. Anna Göldis Fall wird durch ihn europaweit zum Skandal, die Innerschweiz zur hinterwäldlerischen Provinz: In Glarus wird noch über Hexerei gerichtet. Doch war es tatsächlich ein Hexenprozess (das Wort Hexe kommt in der Anklageschrift nicht vor) oder nicht vielmehr ein Justizmord an einer (armen) Frau, die für ihren (wohlhabenden) Dienstherrn eine Bedrohung geworden ist? Wäre der Ehebruch publik geworden, Tschudi wäre erledigt gewesen, er hätte laut Gesetz alle Ämter abgeben müssen, auch das als Richter. Der mutige Journalist Lehmann und der genauso mutige Gerichtsschreiber Kubli kämpfen bis zu ihrem Lebensende gegen Todesstrafe und Folter und für Pressefreiheit und freie Meinungsäußerung. Das Anna-Göldi-Todesurteil gilt heute als Femizid.

Die Mitarbeiterin bei der *Fachstelle Erbschaft* darf keine Namen herausgeben, ist aber liebenswürdig, genauso wie die Frau am Schalter des Gerichts, zu der sie mich geschickt hat und die ich sowohl nach dem Sterberegister als auch nach den Prozessakten unseres Falls frage, die mir leider nicht vorlägen. Sie muss sich lange im Nebenzimmer beraten, entschuldigt sich anschließend und sagt, es sei wohl das Kantonsgericht St. Gallen zuständig, wo sich der Unfall ereignet hat, und nicht das Gericht des Wohnorts des Beschuldigten, also Glarus, wie es früher der Fall gewesen war, die Gesetze hätten sich geändert. Es sei aber fraglich, ob die Akten nach sechzig Jahren noch archiviert seien. Es entwickelt sich trotz trennendem Sicherheitsglas zwischen ihr und mir ein Gespräch, ich erzähle vom Freund meines Vaters, der sich in dem Leserbrief über Traxlers Buße von 200 Franken und vor allem über die Abwesenheit des Staatsanwalts erschüttert gezeigt hat, und die Frau sagt in mitfühlendem Ton: *Das hät 'n möge* (Das hat ihn mitgenommen), was mich kurz aus dem Konzept wirft und uns einen intimen Moment des Vertrauens schenkt, sie hätte ja auch in Konfrontation gehen können, ihre Behörde verteidigen. Zum Abschied sagt sie: *Redet Sie mit de Lüüt, z' Glaris kännt jede jede* (Reden Sie mit den Leuten, in Glarus kennt jeder jeden).

Vor dem Gericht eine weitere Anna-Göldi-Gedenktafel mit dem Verweis auf eine Lichtinstallation in zwei Rundfenstern des Dachstuhls dieses stattlichen Gebäudes, mit dem bezaubernden Titel: «*Dett obe schiint es Liecht*», was mich rührt, Anna Göldis Geist, der über die Gerichtsbarkeit wacht, auf dass es in Zukunft gerecht zugehen möge. Das diskrete Mahnmal gilt «allen Opfern von staatlicher Willkür, politischer Verfolgung und abergläubischen Verdammungen. Weltweit.» Und spätnachts, wenn das Tal schläft, ist es das einzige Licht, das leuchtet.

Erkenntnisse gibt es also keine, und als ich auf dem Rückweg wieder das Altersheim passiere, kommt mir die fröhliche Alte in den Sinn, die lauthals krähte: *Der Traxler war früher in Mollis im Ring*. Ich beschließe, dem Rat der Gerichtssekretärin zu folgen und *z'rede mit de Lüüt*. Mit dem Altersheim in Mollis fange ich an, vielleicht war die Alte weniger wirr als gedacht. Mollis kenne ich schon, es ist das hübsche Dorf am Fluss mit dem Flugfeld, wo das Oldtimer-Spektakel stattgefunden hat und die Hunde so gern über die Ebene rennen. Die kleine Rote scheucht beim Parkplatz hysterisch kläffend eine riesige Katze auf einen dünnen Baum, aus dem Wohnhaus kommen Menschen gestürmt, Lewis!, rufen sie, Lewis! Das Bäumchen schwankt, der Perserkater faucht, ich entschuldige mich für den Hund, kein guter Einstand für uns.

Der Dorfkern voll beeindruckender Patrizierhäuser und üppiger Gärten mit mächtigen Scheunen, neu und alt greifen ineinander über; ein gepflegter Ort. Gegenüber vom *Bären* steht das weiß geschlämmte hochherrschaftliche *Zwickyhaus*, in dem Anna Göldi sechs Jahre gearbeitet und der Hausherr sie geschwängert hat. In einem Garten in der Nähe schwatzen Menschen, Großeltern und die Tochter mit ihren Kindern wahrscheinlich, zwei spielen mit einem Plastiktraktor, das kleine Mädchen tapst, zwischen Neugier und Ängstlichkeit schwankend, auf die Hunde zu, sie darf sie streicheln, man kommt ins Plaudern.

Irgendwann die Frage, so beiläufig als möglich gestellt: Ich bin auf der Suche nach Ernst Traxler. Kennen Sie ihn zufällig?

Ernst Traxler … sagt die ältere Frau … mit dem habe ich gearbeitet.

Mir verschlägt es die Sprache. Der Hund setzt sich auf meine Schuhe.

Alle schauen mich an.

Wo denn?, frage ich klamm.

Na, in der *Güüssi* hinten.

Güüssi?

Der Gießerei, erklärt der Mann und murmelt: wichtiger Arbeitgeber im Tal.

Ah. Lebt er denn noch, der Herr Traxler?, frage ich.

Schweigen.

Glaub's nicht, sagt die Frau.

Schweigen.

Tiefe Enttäuschung. Kleine Erleichterung. Alles in einem, in Sekundenschnelle.

Was war er denn so für einer?, frage ich.

Sie zögert. Dann kommt: Ein sehr sympathischer Mensch.

Warum wollen Sie das wissen? Was haben Sie mit ihm zu tun? Der Mann wirkt unwirsch, misstrauisch. Logisch.

Ich höre nur: *Ein sehr sympathischer Mensch … Ein sehr sympathischer Mensch … Ein sehr sympathischer Mensch …*

Und merke, dieser Satz macht mich aggressiv.

Ich antworte kühl: Er hat meinen Vater totgefahren.

Tot, er ist tot, denke ich während der Fahrt zum Klöntalersee, von dem mir mehrmals gesagt wurde, ihn zu besuchen sei ein Muss, eine mystische Erfahrung, ein See nicht von dieser Welt, also kurve ich hoch mit meiner Enttäuschung und diesen Wörtern im Kopf, die sich winden und wenden, *ein sehr sympathischer Mensch, ein sympathischer Toter, ein toter Sympath, sympathisch, aber tot* etc., und so fallen mir nach und nach die entgeisterten Gesichter jener Leute ein, denen ich erzählt habe, ich würde den Rowdy suchen, der meinen Vater auf dem Gewissen hat, und wie erleichtert sie jetzt wohl wären, dass ich den armen Mann nicht mit der Vergangenheit konfrontieren kann. Der Himmel bedeckt, die Straße kurvig, plötzlich dieser absolut glatte, schmale See, von steilen Bergen gerahmt, die sich in ihm spiegeln, das Wasser nicht klar, sondern milchig grün schimmernd, eine entrückte Düsternis, ein passender Ort für dunkle Gedanken.

Im Eingangsbereich des Altersheims sitzen ein Mann, eine Frau und eine bunt gescheckte Katze dicht gedrängt nebeneinander auf dem Sofa, es sieht gemütlich aus. Ich spreche sie auf die Katze an (sie trägt einen französischen Frauennamen), dann auf Traxler (er ist ihnen unbekannt).

Im oberen Stockwerk ist mehr los, Schwestern eilen über die Flure, schieben Menschen in Rollstühlen in den Essraum, ungünstige Zeit für Fragen wohl. Auf einer Couch eine Frau, die um Hilfe ruft, der Arm schmerze. Eine attraktive Schwester kommt mir entgegen, ich entschuldige mich für die Störung, dann der mittlerweile routinierte Satz: Ich bin auf der Suche nach Ernst Traxler – sagt Ihnen der Name zufällig etwas?

Der Ernst Traxler, der so viel Wein getrunken hat?, fragt sie.

Viel getrunken?

Wein, immer Wein, Wein.

Ach herrje, sage ich.

Er lebt nicht mehr.

Nein, er lebt nicht mehr. Wissen Sie, wann er gestorben ist?

Nicht lange her, ein paar Jahre, sagt sie.

Ich erzähle ihr unsere Geschichte, sie ist ganz offen, sagt, sie heiße Victoria, sie spricht über ihren Mann, ihre zwei Kinder, über die Schwiegereltern, Mazedonier wie sie. Darüber, dass Traxler deren Nachbar war.

Der Nachbar!

Sie wohnten Tür an Tür, im 2. Stock.

Wow, sage ich nur.

Victoria hat keine Zeit mehr für mich, nennt mir Traxlers damalige Wohnadresse und sagt: Kommen Sie morgen wieder, dann weiß ich mehr.

Beim Ausgang kuscheln noch immer die zwei mit der Katze auf dem Sofa, ich erinnere den Namen schon nicht mehr, Claudine, Celestine, Colette, etwas Französisches mit C, ich frage nach, richtig: Claire.

Im Wirtshaus drüben zwei alte Männer beim Bier, braungebrannt, hochgekrempelte Ärmel, viele Tattoos. Der Gastraum holzvertäfelt, niedrig, ein historisches Haus, hier saß man schon im 17. Jahrhundert zusammen, das ist schwer vorstellbar: fast zwanzig Generationen, immer beim Bier. Womöglich hockte auch Traxler an diesem Tisch, waren die beiden Tätowierten seine Kumpels, vielleicht spielten sie Karten, scherzten, lachten; mir wird ganz elend.

Ich bestelle einen Tee, versuche mit der Wirtin zu plaudern, frage nach der Möglichkeit eines Abendessens später. Sie sagt: Sie müssen reservieren.

Die beiden Männer sitzen einander gegenüber, der eine vermeldet mit lauter Stimme, ohne mich anzuschauen: Sonst gibt's nur Mutsch.

Ich frage: Was gibt's sonst?

Mutsch.

Was ist Mutsch?

Er sagt allen Ernstes: Das verrate ich Ihnen nicht.

Redet strikt zur Wand. Kein Blick zu mir. Wie kann man nur so unfreundlich sein. So verkorkst. So ablehnend. In der Schweiz sagt man *hässig* statt missmutig, *hässig* wie in Hass. Ich denke, ach hier saßst du also nach deiner Arbeit und hast deinen Wein getrunken, in dieser schrecklichen *Chnelle*, mit diesen schrecklichen Männern, die alles Fremde verachten, die einen spüren lassen, dass man nicht dazugehört – ihr könnt mich mal mit eurem Mutsch. Nach Traxler frage ich nicht. Falscher Moment. Falsche Leute.

Beim Bezahlen erklärt die Wirtin versöhnlich: Mutsch ist ein *Büürli* (Brötchen).

Der Hässige korrigiert sie: Mutsch sind *Brösmeli* (Brosamen). Und grummelt: Reste sind das, einfach nur Reste.

Die Fahrt zum Seminarhotel eine Befreiung, weg aus dem Tal, hinauf auf den Berg, an einen anderen, helleren Ort. Im Speisesaal sitzen mehrere Gruppen beim Essen, es wird viel

Hochdeutsch gesprochen. Draußen das Abendlicht auf den steilen Felswänden, unten der Walensee, von dem jedes Schulkind weiß, dass er unheimlich tief (151 Meter) und sowieso unheimlich ist, es verrotten auf seinem Grund nicht nur Wracks, sondern auch Gewehre der Deutschen Wehrmacht, eine ganze Tonne *MG 42*, rund hundert Stück also, die Schweizer Armee hat sie 1951 hier versenkt, zehn Jahre später entsorgte das Militär noch 200 Tonnen Munition im See, man wundert sich schon etwas.

Ich sitze allein, rundum das Stimmengewirr, der Saal ist groß und modern und voll verglast, ich werde traurig und denke an Amerika, an Frank Lloyd Wright, dieses Genie, an das Talent der Amerikaner, architektonische Schmuckstücke in ihre National Parks und State Parks in der tiefsten Provinz zu setzen, an Natursteinmauern und dunkle Ledersessel und weiche Teppiche, an lodernde Kaminfeuer in Utah, Nevada, Kalifornien. Ich denke an dieses erhabene Gefühl, alleine durch die USA zu reisen, nirgends ist die eigene Einsamkeit schöner als dort, in diesem einsamkeitsgetränktesten aller Länder. Warum mir das in den Sinn kommt: Vielleicht weil mein Alleinsein hier so durchdringend ist, so total, kein Vater mehr, keine verständige Mutter mehr, und jetzt auch noch dieses nagende Gefühl, dass der Verursacher dieses komplett überflüssigen Unfalls zum Säufer wurde aus Verzweiflung, aus Scham vielleicht. Sie schwatzen rundum immer lauter, die Yoga-Gruppen-Frauen und Achtsamkeitsseminaristen, vielleicht belegen sie auch Managementkurse, wer weiß das schon, und ich sitze da hinter meinem aufgeklappten Rechner und schaufle Blumenkohlauflauf in den Mund.

Am Nebentisch sprechen zwei Frauen über Kälber, die unter Diarrhoe leiden wegen der künstlichen Milch, die man ihnen gibt; es setzen sich zwei weitere dazu, das Gespräch dreht sich nun um einen Kunden, der besamt, sie benutzen ein mir unverständliches Wort, es klingt wie *Arrolx*, der Mann *benötigt Arrolx fürs Besamen seines Braunen.*

Ich höre nicht mehr hin, bleibe im Netz, tippe Traxlers Name und Adresse ein und stoße auf eine Meldung im Glarner Amtsblatt.

Es nennt sich «Öffentliches Inventar/Rechnungsruf im Sinne von Artikel 580 ff ZGB» und geht um den Nachlass von Ernst Traxler, der im Februar 2009 verstarb. Heimatort und Wohnort sind genannt. Allfällige Schuldner oder Gläubiger werden aufgefordert, sich zu melden. Unterschrieben ist es von der Kantonalen Vormundschaftsbehörde/Sozialamt.

Wenn ich das richtig verstehe, starb Traxler im Alter von vierundsiebzig Jahren, womöglich mit Schulden, vom Sozialamt betreut, ohne Nachkommen, ohne Erben.

Langsam steigt Wut in mir hoch.

Ich muss mit jemandem reden, trete auf die Terrasse, Kuhglockengebimmel, die Felswände nun schwarz, dafür ist da der Mond, fetter als in der Stadt, ich rufe meinen Mitbewohner an, erzähle ihm alles im Schnelldurchgang (lange Berichte erträgt er nicht) und höre mich den schrecklichen Satz sagen: *eine sinnlose Existenz.*

Davon gibt's Millionen, antwortet der Mitbewohner trocken.

Dagegen steht: *ein sehr sympathischer Mensch.*

So verwirrend alles.

Ich schaue mir online Bilder von Traxlers Wohnhaus an (ein Block); lese die Geschichte der Gießerei nach und erfahre, dass zur Zeit ihrer Gründung Mitte des 19. Jahrhunderts viele fähige Leute (vor allem Käser) aus den Glarner Dörfern nach Russland ausgewandert seien, um den Hungersnöten zu entfliehen; ich stöbere durch Listen, wer an Traxlers Todestag (ein Montag) noch gestorben ist, stoße auf den mir unbekannten Bob Miller, einen britischen Motorradfahrer, wegen seines Charmes und draufgängerischen Fahrstils der Liebling der Medien und der Motorsportszene, er starb nach einem Rennunfall an einem Schädel-Hirn-Trauma, er wurde zweiundzwanzig Jahre alt.

Am Nebentisch sprechen sie noch immer über brünstige Kühe, Wartebullen und den Duldungsreflex, über Loretta und Henriette und Euterreinheit und schließlich über talentierte Nachwuchsbesamungstechniker aus Ostdeutschland.

Sechsunddreißig Stunden und ein Gespräch mit Victoria später kann ich eine kleine Ernst-Traxler-Liste erstellen:

- Er lebte allein.
- Verheiratet war er nicht.
- Frauenbekanntschaften schien er keine gepflegt zu haben.

– Nur sein Bruder kam öfter zu Besuch.
– Er war ein guter Nachbar.
– Eine sehr unkomplizierte Person *(nicht wie Schweizer sonst)*.
– Ein hilfsbereiter Mensch, der Victorias Schwiegereltern oft unterstützte, wenn sie etwas nicht verstanden, Behördenbriefe für sie schrieb etc.
– Xenophob war er nicht.
– Guter Wein war seine Leidenschaft, der Keller randvoll mit Flaschen, nach seinem Tod kamen sie zutage.
– Er besaß einen Hund, dem er eng verbunden war. Als das Tier starb, litt er sehr. Trost fand er im Wein.
– Er war eher klein, mit Kugelbauch und wenig Haar.
– Während seiner letzten Monate benötigte er ein Sauerstoffgerät und konnte nicht mehr viel nach draußen gehen.
– Er starb in seiner Wohnung.

Erinnerung an Betti, deren Freundin erfahren musste, dass ihr bester Freund bei der Stasi war und sie jahrelang bespitzelt hat. Sie saß seinetwegen ein Jahr im Stasi-Knast. Der Freund ist später nach Australien ausgewandert und *hat ein richtig tolles Leben geführt*, was die Freundin massiv geärgert hat. Ich kann ihre Gefühle verstehen. Wäre Ernst Traxler der Antilopen-Mann gewesen, dem in Pennsylvania eine freie Existenz in fantastischer Natur mit vielen Tieren vergönnt war, hätte mich das womöglich auch verstimmt. Im Moment überwiegt Mitleid …

… und sogar eine Art von befremdlicher Zugewandtheit. Dass er um seinen Hund trauerte, bringt ihn mir näher. Nun möchte ich wissen, was für ein Hund das war.

Plötzlich fällt mir auf: Die sechsfache Mutter Magdalena Traxler stammt aus demselben Dorf im St. Galler Rheintal wie Ernst Traxler. Also doch verwandt.

Ich hoffe, er hat keinen umgebracht.

Schon wieder ein Satz mit Nachhallpotenzial. Gesagt hat ihn ein Mann, der im Altersheim zu Besuch war, an einem großen Tisch hat er gesessen, mit mehreren Bewohnern und anderen Gästen, und auf meine (post Victoria-Gespräch) schnell dahingeworfene, obligate Frage geantwortet: *Klar kenn' ich den, er war der Lehrmeister meines Kumpels, mit dem ich als Jugendlicher in einer Band gespielt habe, Traxler hat uns einen Übungsraum besorgt.* Der Mann nannte den Namen des Kumpels, wurde ob meiner freudigen Reaktion unsicher, ob das ein Fehler war, ob er dieser Fremden zu viel verraten hat, über *den Lehrling,* über Traxler. Und dann kam eben: *Ich hoffe, er hat keinen umgebracht.*

Ich sitze hier auf dieser blau gestrichenen Holzbank am Straßenrand, den Kerenzerberg im Rücken, auf einem schmalen Parkplatz, der sicher vor Jahrzehnten eigens dafür gebaut worden war, dass Menschen auf diese fantastische Landschaft hinabblicken können, womöglich haben auch Vater und Onkel an dieser Stelle eine Zigarettenpause eingelegt im Sommer '63; alles sieht man, die breite Linthebene mit dem gezähmten Fluss darin, Schänis im Hintergrund, Mollis gleich da unten links, noch im Schatten, dahinter das Tal Richtung Glarus, sogar den Eingang ins Klöntal, grüne Wiesen und Weiden, und rundum diese Brocken von Bergen, als seien sie aus dem All in die Ebene gestürzt, alles liegt mir zu Füßen; es ist früher Morgen, das Licht diesig, wie fein wabernder weißer Rauch, würzige Luft, das hier ist Schönheit pur. Was mir auch gefällt: Gegen Norden wird der Himmel größer, werden die Berge niedriger, das Land flacher, irgendwo weit hinten liegt Zürich und dahinter Deutschland, liegt mein anderes Leben, liegt das, was mich einst hat frei werden lassen: Berlin.

Erstaunlicherweise zeigt sich *der Lehrling* nicht verwundert, als ich anrufe, sagt im Gegenteil sogar: Ich habe mich immer gefragt, wie es den Angehörigen des Opfers erging. Dieses Gespräch interessiert mich sehr.

Er erklärt gleich vorweg, als ob er mich vor meinen giftigen Gedanken schützen wollte: *Si müend wüsse, dä Traxler isch eine vo de Guete gsii* – Sie müssen wissen, Traxler war einer der Guten. Und dann erzählt er, woran er sich erinnert, zuvorderst, dass Traxler nie über den Unfall gesprochen hat – obwohl man rundum davon Kenntnis hatte. Dass es an einem Montagmorgen geschehen sei (seltsam, dass ich den Wochentag nie nachgeschlagen habe), in aller Früh (auch das war mir nicht bekannt, ich habe mit Mutter ja nie darüber gesprochen), weil Traxler nämlich in St. Gallen wohnte und jeden

Montag nach Glarus fuhr, in die Gießerei, wo er als Disponent arbeitete, und Freitagabend wieder zurück nach St. Gallen, anderthalb Stunden Fahrt über die Landstraßen jedes Mal, Näfels, Schänis, Kaltbrunn, Wattwil etc. Dass er erst im Hotel wohnte und später als Zimmerherr bei einer Familie in Netstal und erst kurz vor seiner Pensionierung in eine eigene Wohnung zog. Dass er an jenem Montag also frühmorgens zur Arbeit fuhr, ein Fuhrwerk überholte, ihm ein Auto entgegenkam, er bremsen wollte, die Bremsen aber versagt hätten, weil sein Wagen kurz zuvor in der Werkstatt gewesen sei und die dort etwas falsch zusammengeflickt hätten. Und es zur Frontalkollision kam. Das mit dem angeblichen Werkstattpfusch verwundert mich, Traxler musste das Auto ja vor dem Wochenende abgeholt haben, da hätte er doch realisieren müssen, dass die Bremsen nicht funktionierten, zudem waren es bis zur Unfallstelle schon sechzig gefahrene Kilometer. Aber ich sage nichts dazu, frage nur, was für einen Wagen er später besessen habe, den reparierten *Chevrolet* oder einen anderen schönen Amerikaner? Gar nicht mehr Auto gefahren ist er, sagt *der Lehrling*. Traxler habe direkt nach dem Unfall aufgehört (und ich merke, dass mich das beeindruckt: doch kein unsensibler Halodri), gerade deshalb sei er in dieser ländlichen Gegend aufgefallen, wo jeder Mann ein Auto besitzt, man habe sich darüber gewundert und einander die Geschichte erzählt. Er sei jahrzehntelang mit dem Zug nach St. Gallen gependelt, weil er die Unfallstrecke nicht aushalten konnte (ich muss an Isadora denken: Traxler hat also nicht Buße getan und sich gegeißelt, indem er sich Woche für

Woche an der Unglücksstelle vorbeiquälte). Erst im Alter, als er sich im Glarnerland niedergelassen und seine Wohnung in St. Gallen aufgegeben hatte, habe er wieder Fahrstunden genommen – nach fast vierzig Jahren! – und noch einmal die Fahrprüfung absolviert und sich ein Auto zugelegt, was irgendwie verwunderlich sei, hier habe er ja eigentlich keins gebraucht. Warum nimmt jemand diese Strapazen auf sich, frage ich mich, und führt jahrzehntelang eine Art Doppelleben zwischen zwei Kantonen, weshalb hat er sich nicht einfach eine Arbeitsstelle als Speditionskaufmann in St. Gallen gesucht, wenn ihm das Leben in der Stadt besser gefiel als das auf dem Land? Oder war diese Distanz genau das, was er brauchte? Gab es etwas, das er den St. Gallern verheimlichen wollte? Oder umgekehrt den Glarnern? Hatte er Probleme mit den Behörden, irgendwelche administrative Dinge, Schulden, war in Halbweltiges verstrickt. Oder –

Ich frage: War der Traxler etwa homosexuell?

Dass Sie jetzt ausgerechnet damit kommen!, ruft *der Lehrling*.

Aber ja, die Gerüchte habe es durchaus gegeben. Traxler habe *viele männliche Bekanntschaften* gehabt, es wurde getuschelt, ob dieser oder jener wohl *sein Typ* sei, Klatsch und Tratsch hinter vorgehaltener Hand, in den Dörfern, in der Fabrik. Aber! Traxler sei um die vierzig gewesen, als *der Lehrling* sein Lehrling war (ein junger Bursche von sechzehn, siebzehn Jahren, der nicht schlecht ausgesehen habe), und er könne mir versichern: Traxler habe ihm keinerlei Avancen gemacht. Er habe sich immer korrekt verhalten.

Das ist doch gut, sage ich.

Wenn man Traxler mit einem Satz beschreiben müsste, dann so: Er war ein *leutseliger* Mensch, fährt er fort. Ich gebe Ihnen ein Beispiel, damit Sie verstehen, was ich meine. Er und seine Kumpels hätten damals Tanzmusik gemacht und eine Lautsprecheranlage gebraucht für die Auftritte. Die sei aber teuer gewesen. Traxler habe gefragt: *Wie viel muesch ha?* 800 Franken, habe *der Lehrling* geantwortet, und Traxler sei zu seinem Schrank gegangen, habe das Geld herausgeholt, es bar auf den Tisch gelegt und gemeint: *Wenn du es irgendwann mal hast, gibst du es mir wieder.* Sie hätten dann mehrere Auftritte gehabt und immer ein paar Scheine von der Gage zurückgelegt und er habe Traxler nach Monaten die 800 Franken zurückgeben können. Der habe schön gestaunt und gesagt, er habe ja *schon viel Geld verteilt*, aber dies sei das erste Mal, dass er es zurückerhalte.

Finanziell war er also gut gestellt?, frage ich.

Na ja …, sagt *der Lehrling*. Traxler habe wegen des Unfalls Monat für Monat Geld abstottern müssen, viele Jahre lang.

An wen denn?, frage ich. An uns auf alle Fälle nicht! Oder … nicht dass ich wüsste (und ich denke kurz an Mama, die große Schweigerin) …

Der Lehrling und ich sind ratlos.

Der damalige Chef der Gießerei habe Traxler finanziell unterstützt, sagt er. Deswegen sei er nicht nur diesem Mann, sondern der Firma gegenüber so loyal gewesen und habe sich stark mit dem Betrieb identifiziert und dort gearbeitet bis zu seiner Pensionierung. Man könnte vordergründig sagen, er habe ein gelungenes Leben gehabt, eine sichere Stelle etc., aber da lauerte etwas im Untergrund, dieser Unfall, dieser Tote, das habe ihm eine mystische Aura gegeben, etwas Dunkles, weil er nie darüber geredet habe, was überhaupt nicht zu ihm passte, da er ein gesprächiger und offener Typ war, ein leutseliger Mensch eben.

Zum Schluss des Telefonats frage ich nach dem Hund. Meine beiden sind bei mir, der gemütliche Schwarze sitzt mit auf der Bank und linst in die Morgensonne, die kleine Rote spürt Käfer auf, gräbt nach Mäusen und wälzt sich im Gras.

Ein Schäferhund war das, sagt *der Lehrling*. Manchmal habe Traxler ihn übers Wochenende jemandem zum Hüten gegeben, und wenn er am Montagmorgen aus St. Gallen zurückkam, saß der Hund um sieben Uhr bereits im Büro und wartete auf ihn.

Er war mit im Büro?

Ja, er war mit im Büro.

Ich blicke auf die Landschaft, auf die Straßen, wo winzig klein die fahrenden Autos zu sehen sind, von Süd nach Nord, von Nord nach Süd, irgendwo da hinten die Rechtskurve, die von hier aus gesehen eine Linkskurve ist, die Sonne hat den Nebel verdrängt, und ich würde gern eine Zigarette rauchen, was ich seit Jahren nicht mehr tue. Ein schwuler Hundefreund, das hat mir gerade noch gefehlt.

Leutselig, nach DUDEN: wohlwollend, von einer verbindlichen, Anteil nehmenden Freundlichkeit im Umgang [mit Untergebenen und einfacheren Menschen]

Ein Rind kommt auf uns zugestürmt, biegt Zentimeter vor dem Auto ab und rennt weiter Richtung Gleise, will von Näfels nach Mollis rüber, zwei Sennen wetzen hinterher, können es in letzter Sekunde vor der Eisenbahnschranke stoppen und wieder dem Rest der Herde zuführen, das Tier, man sieht es genau, ist unerfahren und verschreckt, im Gegensatz zu den altgedienten Kühen, die schon mehrere Alpabzüge hinter sich haben, den Lärm gewöhnt sind, die Glocken und Schellen, die Zuschauer am Straßenrand, die Feststimmung, die *Schwyzerörgeliklänge*. Ich habe das Auto einfach irgendwo abgestellt, als ich in das Spektakel geriet und die ersten Kühe vorbeitrotteten, die alten mit prächtigen Blumenarrangements geschmückt, Dahlien in allen Farben und Chrysanthemen und Disteln thronen auf ihren Köpfen wie riesige bunte Kronen, prächtige Königinnen der Alpen, auch Gestecke mit roten und weißen Blumen sind dabei, sie stellen das Schweizer Wappen dar, jede Bauernfamilie hat ihren eigenen Stil, man ahnt, wie viel Arbeit im Vorfeld geleistet wurde, nicht nur Blumen arrangieren, sondern auch darüber nachdenken, wie sie dieses Jahr arrangiert werden sollen, ein wiederkehrender Schönheitswettbewerb ohne Preis. Die Sennen und Senninnen sehen in ihren bestickten Hemden und Trachten ebenfalls fantastisch aus, wenn auch erschöpft, der Alpabzug dauert schon Stunden, es sind auch Kinder dabei.

Die Hunde stehen im Auto auf den Vordersitzen, die kleine Rote hinterm Steuer, er daneben, mit gespitzten Ohren beide, sie reckt die Nase durch den Fensterspalt, würde am liebsten rausspringen, teilnehmen an dem Schauspiel, Kühe rumscheuchen und verbellen (und totgetrampelt werden), und ich setze mich auf die warme Kühlerhaube und merke: Ich bin gerührt. Ja, ich muss mich zusammenreißen, nicht in Tränen auszubrechen. Es kommt so viel zusammen; das Telefonat auf der Bank vorhin, die Erkenntnis, dass jeder, mit dem ich gesprochen habe, genau Bescheid wusste, mich durchschaut hat, auch der mit dem: *Ich hoffe, er hat keinen umgebracht*. Das war kein dahergeplapperter Satz. Und dann diese grandiose Aussicht, die Gewissheit, dass Vater auf ebendiese Landschaft blickte, dieses Panorama sah, er, der Mann vom Meer des Südens, der hier die Pracht der Berge ein letztes Mal genossen hat, dieses erhabene Gefühl, oben zu sein und die Welt unter dir, weil man so einen Ausblick jedes Mal genießt, man deswegen immer wieder über Pässe fährt oder Berggipfel erklimmt, runterschauen, frei atmen, weil diese Gegend da unten, die Mutter und ich immer stumm durchquert haben, für mich den Inbegriff von Enge und Klammheit darstellte, grässlich düster, mit einem Trauerschleier belegt, und ich durch den Blick von dem Parkplatz aus plötzlich die Schönheit sehe und alles in freundlichem Licht erscheint und auch E. T. kein Phantom mehr ist, sondern ein Mensch. Und mir zehn Minuten später zahlreiche Bauern entgegenlaufen, mit geschmückten Kühen und einem Glockengeläut, wie es seit Jahrhunderten Brauch ist, und mir Städterin diese ganze Tradition, die Härte dieser Existenzen, die Verbundenheit dieser Leute mit ihrem Vieh und ihrem Boden auf ungeahnte Weise nahe kommt, weil ich begreife, mit wie viel Liebe sie sich und ihre Tiere geschmückt haben, und erkenne, dass sie eine Gemeinschaft bilden mit ihren Trachten, ihrer Musik, mit der ich und die anderen Städter nichts zu tun haben, die wir nicht verstehen oder belächeln, sie aber sind stolz auf etwas, das nicht mehrheitsfähig ist, werden immer weniger (Subventionen hin oder her), das alles rührt mich, und als ich dann eine Gruppe von Rindern sehe, mit kraftstrotzenden Körpern, herrlich gesunde Tiere, deren Kopfschmuck aus hohen, schwingenden Pampasgräsern besteht, die wie elegante Federboas zwischen den Hörnern wedeln (ja, es gibt auch horntragende Kühe), kommen mir groteskerweise die Puschel in den Sinn, die bunten Fummel und der klirrende Schmuck und was sonst noch zu einer anderen Gemeinschaft gehörte, damals auch nicht mehrheitsfähig und doch stolz auf sich, die sich zeigte und zelebrierte, und alles beginnt sich zu überschneiden und zu glänzen, das Glarner Bauerntum und meine Erinnerungen an das subkulturelle Berlin vor dreißig Jahren. Falls Traxler wirklich homosexuell war, katapultiert ihn das in mein Leben, hebt ihn in meine Welt, in einem luftigen hohen Bogen hole ich ihn zu mir, denke ihn mir als Gast in der intensivsten Zeit meines Lebens, den späten 1980er- und frühen 1990er-Jahren in Berlin-Schöneberg, auf der Kreuzung Eisenacher Straße/Motzstraße, *die beste Kreuzung überhaupt*, die erst in West-Berlin lag, später einfach in Berlin, das nicht mehr so toll war wie West-Berlin, auch wenn der Mitbewohner heute sagt, meine Sentimentalität sei eine Verklärung und die Achtziger ein Abgrund an Verwahrlosung, aber für mich war West-Berlin DER Platz überhaupt, die zwei Jahre, bevor die Mauer fiel, ein Geschenk, einmal am richtigen Ort zur richtigen Zeit, und ich glückselig und im Rausch, dauernd schmerzlich verliebt, in Frauen in klobigen Stiefeln und schwarzen Lederjacken, die Bierflaschen in der Hand hielten und mit rauen Stimmen Lieder sangen und auf Tresen tanzten, ich in Bars rumhing, die *TRASH* oder *ANAL* hießen, was der braven Schweizerin unglaublich verrufen vorkam, wir in Ausstellungen von Nan Goldin stürmten und *MEIN HEIMLICHES AUGE* lasen, es waren aber auch die Jahre der sterbenden Freunde, Joshi und Horst und Jörg und Matthias, sie wurden immer schmaler und blasser und dann lagen sie da mit ihren Sauerstoffgeräten, wir waren alle fassungslos ob dieses grassierenden Sterbens, das durfte doch nicht sein, so jung und so krank, all diese Männer, anfangs machte man sich Gedanken über Wassergläser und Tränen und Schweiß und Präejakulat, und wir lernten Wörter wie Karposi-Sarkom und T-Lymphozyten, später lernten wir Fremde zu beschämen, die die Straßenseite wechselten, wenn sie einem abgemagerten jungen Mann begegneten, wir trugen rote Schleifen und demonstrierten und mieteten offene Cadillacs für den *Christopher Street Day*, damit die Schwächsten in eleganten weißen Anzügen dem Publikum zuwinken konnten, wir lernten Krankenhäuser von innen kennen, in einem Alter, in dem man das Leben feiern und nicht dauernd dem Tod begegnen sollte, es waren ernste Jahre und doch habe ich sie als ein großes Gemeinschaftsgefühl in Erinnerung, eine Zeit, als Subversion noch ein positiv besetztes Wort war und Verbürgerlichung ein Schreckensbild, genauso wie die Ehe, die man zwar forderte für alle, aber doch bitteschön nicht einging, wie unfassbar spießig war das denn, fast so spießig wie Adventskarten verschicken. Ich war Teil dieser Community, auch später noch, als ich ein Verhältnis mit einem schwulen Mann hatte (denn ja: alles ist möglich), ein Intellektueller, der geistreichste und lustigste Mensch, der mir je begegnet ist, wir spielten *butch* und *femme* und reisten viel, es war ganz wunderbar, auch wenn es nicht hielt. Und hat Ernst Traxler in diesen Jahren tatsächlich Berlin besucht, hat er vielleicht neben mir gestanden vorm *Hafen*, ein fünfzigjähriger Mann, womöglich in Lederhosen und ohne Hemd, dafür mit einem farbigen Tuch in der Gesäßtasche, oder mit Chaps, ist für ein paar Tage in die Anonymität der Bars und Darkrooms abgetaucht, bevor er wieder zurückkehrte nach Glarus und St. Gallen, wo jeder jeden kennt.

Tschäppel [Grammatik: m.; Bedeutung: Kopfbedeckung, Mütze, Kappe, von frz. chapeau]: der Kopfschmuck der Kühe.

Später lese ich, dass 400 000 Schweizer Kühe die Sommer auf der Alp verbringen, dass viele Sennen aus dem Ausland stammen, aus Deutschland und Österreich, aus Südtirol und Slowenien, Bergmenschen oft, die sich auf hiesigen Alpen um Ziegen und Rinder kümmern, morgens um vier Tagwache haben, melken, Käse herstellen, Zäune kontrollieren; der Lohn ist besser als zu Hause, die Arbeit genauso hart – immer weniger Einheimische wollen das. Ohne die Ausländer wäre die Alpwirtschaft nicht mehr machbar, die Alpflächen würden verwildern.

Der Begriff *Heimweh* stammt aus der Deutschschweiz, zum ersten Mal findet er sich 1651 in einer Sammlung von *Schimpfreden*. Lange nannte man die Sehnsucht nach der Heimat *mal du Suisse* oder *Schweizerkrankheit*, 1688 war das Phänomen in einer Dissertation als Krankheit aufgeführt und mit dem neuen Begriff *Nostalgie* betitelt worden. Die *Kuhreihen*, ein Lied, mit dem die Kühe eingetrieben und beim Melken beruhigt wurden, galt als Auslöser des Heimwehs bei Schweizer Söldnern in der Fremde. Sie würden durch den Gesang vom Heimweh überrollt und zur Fahnenflucht getrieben. Es kursierten allerlei weitere Gründe für das Heimweh: Schuld konnte der Luftdruck sein, der in flachen Ländern höher sei als in den Alpen und die Blutzirkulation der Schweizer behindere. Erst in der Romantik wurde der Begriff in anderen deutschsprachigen Ländern übernommen.

Als Korrektiv (gegen die Sentimentalität) kommt mir Munz in den Sinn, der in den Achtzigerjahren, als in Zürich die sogenannten Jugendunruhen stattfanden *(Züri brännt)*, in Glarus seinen *VW Käfer* (weiß) betanken wollte, und der Tankwart sagte: *Zürcher erhalten kein Benzin.*

In Zürich fallen mir all diese Männer auf, die mit ihren Aktentaschen tagein, tagaus ins Büro gehen, morgens defilieren sie in die eine Richtung, abends in die andere. Zahllose Büromenschen gibt es hier, die ganze Stadt ist voll davon, Büromänner, die nach der Arbeit schnell etwas trinken gehen. So wie Traxler seinen Wein getrunken hat. Die Glanzlosigkeit des Repetitiven.

Keiner, der im Straßenverkehr stirbt, hat morgens das Haus mit dem Wissen verlassen, dass dies sein letzter Tag sein wird (und keiner denkt, dass er heute einen Menschen töten wird). Es kann jeden und jede treffen. Auch mich. Wahrscheinlichkeitsrechnung gilt nicht. Nur weil es Vater (und Traxler) passiert ist, heißt das nicht, dass es mir nicht passieren wird.

Plötzlich der Gedanke: Was war eigentlich Vaters letzter gesprochener Satz? Was sein letztes Wort? Haben er und der Onkel sich munter unterhalten, als es geschah, vielleicht über Fußball oder Jazz oder Autos oder einen Stier auf der Weide (der Onkel auf Schweizerdeutsch und Vater auf Hochdeutsch? Oder sprach Vater Schweizerdeutsch mit italienischem Akzent? Oder ein wildes Mischmasch? Absurd: Nicht einmal das weiß ich) – oder hat einer von ihnen gerufen: Achtung! … *Attenzione!* … Oh nein! … *Merda!* … Da vorne! … Pass auf! … *No!!*

Nahezu jeder Mensch sagt in seinem Leben nicht nur ein erstes, sondern auch ein letztes Wort, und manche letzte Worte werden berühmt, wenn auch anekdotisch, das heißt zweifelhaft, wie Goethes: *Mehr Licht*. Jeder von uns wird sein ureigenes letztes Wort haben, das wir jetzt noch nicht kennen, und ich erinnere mich bei keinem der drei Menschen, die ich durch ihre finalen Stunden begleiten durfte, welches das war.

Bild meines Vaters:

Wer könnte Vaters Sprache noch kennen? Ich rufe Albertine an, unsere Väter waren Kollegen im Kantonsspital und beste Freunde, mein Vater ihr Pate, ihre Mutter meine Patin, was für mich von größter, wenn auch heimlicher Bedeutung war, denn mir war klar: Stirbt Mutter, bin ich *muusbeiallei* und muss bei der Patenfamilie wohnen. Und mir war auch klar: Es stirbt sich verdammt schnell. Das war meine allergrößte Angst: dass Mama stirbt. Ich betrachtete diese vier Menschen, also *Mutter Vater Tochter Sohn,* stets mit einem irritierten Staunen, versuchte mir auszumalen, wo ich da noch hineinpassen sollte, sie waren doch schon vollständig, eine intakte Familie.

Albertine sagt als Erstes: Ich glaub, ich war in meinen *Götti* verliebt.

Sie erinnert sich, dass sie auf seinen Knien reiten durfte und er stets fröhlich war und sie mit Samthütchen und Glockenmäntelchen beschenkte, die seine Mutter geschickt hatte, extravagante italienische Kindermode, wie sie in Zürich niemand trug, wie eine Prinzessin fühlte sie sich. Sie erinnert sich, dass er hochsensibel gewesen sei, ihre Gedanken lesen konnte, etwa als sie sich nichts sehnlicher wünschte als ein *Vermicelles* (Maronencremetörtchen) und er sie just in dem Moment fragte: *Magst du ein Vermicelles?* Sie erinnert sich an den Tag seines Todes, dass sie in Basel zu Besuch bei einem Onkel war und mit ihren fünf Jahren zum ersten Mal auf einer Fähre fuhr, über den Rhein, wahrscheinlich hatte man sie weggeschickt, um sie aus der schrecklichen Atmosphäre herauszubringen, über eine Woche schon lag Manfredi im Koma und alles saß nur wartend herum. Als der Basler Onkel sie wieder in Zürich ablieferte, hätten im Entrée Sonnenstrahlen den Schminktisch ihrer Mutter beschienen, all die Töpfe und Crèmes leuchtend und glänzend, und sie habe gefragt: *Ist der Götti jetzt tot?* Und man habe ihr geantwortet: *Ja, er ist tot.* Die Sonnenstrahlen auf der Kommode seien ihr in dieser eigentümlichen Stimmung, die in der Wohnung geherrscht habe, wie ein Fingerzeig aus dem Himmel vorgekommen, in dem Manfredi jetzt war. Und dann erinnert sie sich plötzlich an seine Sprache, sagt, ja, er habe Hochdeutsch gesprochen, er habe ihr nämlich gesagt, er sei ein *Graf*, und sie habe das nicht verstanden, weil sie nur den *Fotograf* kannte, nicht aber den *Graf*, und er habe gesagt, nein, kein Fotograf, sondern ein richtiger sizilianischer Graf, diese Sätze erklingen ihr in Hochdeutsch, wahrscheinlich mit italienischem Akzent. Noch klarer aber hört sie das Kuckucklied, das er oft mit ihr sang, und ich kann es mitsingen, weil die Nonna es oft mit mir sang:

L'inverno è passato, l'aprile non c'è più
è ritornato il maggio col canto del cucù.
Cucù, Cucù, l'aprile non c'è più
è ritornato il maggio col canto del cucù.

Manchmal überlege ich, ob ich Mutters Stimme aufnehmen soll, jetzt, da sie noch spricht. Ich sehe bei anderen Heimbewohnern, wie die Sprache schwindet, nach und nach verlieren sie sie. Was einmal mit Wortfindungsstörungen anfing, endet in unverständlichem Gebrummel, in Seufzen, Schmatzen, Wimmern, auch Rufen. Wäre es nicht beruhigend, Mutters Stimme zu speichern, damit ich sie für immer bei mir habe? Sie selber mochte ihre Stimme nie, sie ist rau, dunkel, auch brüchig, man hat ihr schon als Kind gesagt, sie könne nicht singen, also sang sie nicht, anders als ihr Bruder. Den Klang der Stimme eines verstorbenen Menschen nicht mehr zu erinnern, schockiert, wenn sie einfach weg ist, die Stimme, es entfernt einen von ihm, gerade weil Stimmen so prägnant sind, so einmalig. Vielleicht ist es andrerseits sinnvoll, den Klang zu vergessen, damit die Trennung von dem Verstorbenen, die ja unwiederruflich ist, stattfinden kann? Und darüber hinaus: Wäre es nicht deprimierend, wenn ich für immer an diese unzusammenhängenden Sätze erinnert würde, die Mutter jetzt noch spricht, sie, die früher so klug argumentierte oder messerscharfe, knappe Bemerkungen machte, die nicht immer freundlich, aber oft zutreffend waren?

muusbeiallei = mausbeinallein – Schweizerdeutsch:
größtmögliche Einsamkeit,
analog zum Hochdeutschen *mutterseelenallein*.

Demenz durchläuft viele Phasen, die unterschiedlich verstörend sind, auch für die Angehörigen, man könnte einen Wettbewerb des Schreckens daraus veranstalten: Welches war die schlimmste Phase? Man würde über diese irrsinnige

Rastlosigkeit sprechen, die Demenzkranke oft plagt, über das, was man früher *Weglauftendenz* nannte und heute *Hinlauftendenz* nennt, in dem hilflosen Versuch, einen korrekten, nicht diffamierenden Begriff zu finden; über den Moment, wenn der Vater seinen Sohn beschimpft, weil er in ihm einen anderen erkennt, einen Nebenbuhler etwa; über den Schock, wenn die Mutter aus dem Bad tritt, die Augenbrauen mit blutrotem Lippenstift bemalt, einfach weil sie noch irgendwie weiß, Lippenstift gehört ins Gesicht; über die Scham der Tochter, als die Mutter das brandneue Sofa einnässt und sie sie kurz ausschimpft und die Mutter ängstlich guckt; über Halluzinationen, wenn in der Zimmerecke Bestien mit fletschenden Mäulern lauern und die Panik der Mutter so real ist, dass man selber lautstark die Viecher zu vertreiben versucht?

Für mich war die schlimmste Phase die, in der Mutter, sobald ich nur schon den Raum verließ, mit entsetztem Blick sagte: *Bin ich jetzt muusbeiallei?* Sie, die ihr Leben mit so viel Würde allein geschafft hat, stolz darauf war, es allein zu bewältigen, mit ihrer unnahbaren Art die Leute auf Distanz gehalten hat, um bloß allein zu bleiben (beziehungsweise, um ungestört mit den Erinnerungen an Manfredi zu sein), sie also wurde eine Klette aus lauter Verlorenheit und setzte mich mit diesem grässlichen *muusbeiallei* massiv unter Druck: *Kind, bleib!* Einen Druck, der letztlich Gegenwehr hervorrief, weil ich mich sonst verloren hätte und in mich selbst zusammengefallen wäre, und der darin mündete, Mutter erst dem wunderbaren Herrn Blau anzuvertrauen und schließlich im

Heim abzugeben, wo sie nie mehr allein sein muss und erstaunlich zufrieden wirkt.

Ich denke an die Worte der Ärztin in der Memory-Klinik, die vor Jahren einen Satz sagte, der hartherzig und kalt klang: *Geben Sie Ihre Mutter in professionelle Hände, bevor Sie anfangen, sie zu hassen*. Heute bin ich froh, den Rat beherzigt zu haben: Hass ist nie aufgekommen.

Natürlich stellt sich mir die Frage, warum ich ausgerechnet jetzt, wo es in Mutters Kopf derart wirr zugeht, dass sie nicht einmal mehr mich erkennt, diese Recherche unternehme? Weil ich es endlich darf? Weil ich ihren missbilligenden Blick nicht ertragen muss, nicht ihre Trauer im Gesicht und nicht ihren Ausspruch: *abhögle* (abhaken), wenn etwas nicht zu ändern ist. Oder weil ich genau wegen ihrer Demenzerkrankung eine fundamentale Einsamkeit spüre, die Verlorenheit eines Kindes von sechzig Jahren, das allein zurückgelassen wird, unwiderruflich, und ich mich nach einem Vater sehne und ihm so näher zu kommen glaube? Nur um zu merken: Der Einzige, dem ich näher gekommen bin, ist Ernst Traxler. Pervers irgendwie.

Bei einer Veranstaltung treffe ich auf eine Frau, deren Vater vor zwei Monaten starb, wie sie erzählt. Er war Chefarzt am selben Krankenhaus wie mein Vater, ein Neurologe, vermutlich kannten sie einander. Er hat dasselbe Geburtsjahr wie mein Vater: 1930. Er wurde dreiundneunzig Jahre alt.

Sechzig verpasste Jahre. Dreiunddreißig gelebte Jahre.

Loblied auf den Vater (alles, was ich weiß):

- Nach dem Krieg reiste der Siebzehnjährige aus Bari in die Tschechoslowakei, um beim Straßenbau zu arbeiten, die Zukunft des Kommunismus mitzugestalten. Keine zwei Monate hielt er es dort aus. Die große Ernüchterung: alles hierarchisch organisiert, von egalitärer Kameradschaft keine Spur.
- Dieses Erlebnis war der Grund, dass er, anders als der Rest der Familie, wieder das kleine d in seinen Namen aufnahm, del Buono statt Del Buono. Seine Eltern hatten das d als Kommunisten entsorgt, um bloß keinen adeligen Eindruck zu erwecken. Der junge Mann wirkte lieber adelig als kommunistisch. Helfen könne er sowieso am besten als Arzt.
- Er wurde süditalienischer Juniormeister im Tennis.
- Er legte sich eine Brille mit Fensterglas zu, um als junger Wissenschaftler seriöser zu wirken.
- Weil sein Vater fand, Telefonanrufe sollten nur im Notfall getätigt werden, in einem Medizinerhaushalt erst recht, anwortete der Vater auf Anrufe von Freunden oft mit: *Manfredi? È in Africa*. Das wurde zu einem geflügelten Wort auch bei uns, wenn Mutter oder ich einen Anruf nicht annehmen wollten, sagten wir: *Sono in Africa*.
- Apropos Telefonanrufe: Als er bereits verheiratet war und mit Mutter in einer kleinen Dachwohnung in Zürich lebte, war er nicht in der Lage, sich gegen seine Mutter durchzusetzen und ihre sonntäglichen Anrufe abzublocken, jeden

Sonntag um 6 Uhr in der Früh rief die alte Zora an und fragte: *Ja, habt ihr noch nicht Kaffee getrunken?* Wenn die Eltern sich stritten, dann aus diesem Grund: seiner Schwäche gegenüber der mütterlichen Dominanz.

- Seine wissenschaftliche Schaffenskraft war enorm, die Radiologie seine Leidenschaft. Im Gegensatz zu seinen Brüdern liebte er es, Arzt zu sein. Die Brüder waren dazu gezwungen worden, er nicht. Er war der jüngste Privatdozent Roms (angeblich), daher die Fensterglasbrille.
- Er unterstützte Mutter darin, die Matura nachzuholen, um studieren zu können. Sie, die mit vierzehn dem kleinbürgerlichen Provinzhaushalt mit trinkendem Vater und selbstbezogener Stiefmutter entfleucht war, um eine Foto-Lehre im Welschland zu absolvieren und dann Röntgenassistentin zu werden, was man im Dorf als exzentrische Schrulle abtat, weil kein Mensch verstand, was das war, und sie doch hätte Verkäuferin werden können, sie also ließ sich von diesem quicklebendigen Süditaliener anspornen, einem Mann, der eigenständige und kluge Frauen verehrte, so wie er seine Mutter verehrte.
- Wenn Mutter in ihre Unsicherheit qua Herkunft zurückfiel und Angst hatte, dass Fremde sie abschätzig begutachten könnten, sagte er mit dieser Nonchalance, die dem Großbürgertum innewohnt: *Ma chi ti guarda?*
- In Bari fuhr er eine Vespa. Was auch sonst.
- Er rauchte *Muratti*, wie sein Vater.
- Die Sommersprossen habe ich von ihm (das normannische Erbe Siziliens).

Die Sache mit Traxlers angeblicher Homosexualität lässt mir keine Ruhe. Ein Freund vermittelt den Kontakt zu einem älteren schwulen Mann in St. Gallen. Der antwortet auf meine Mail, ob er einen Ernst Traxler kannte: «Eine traurige und gleichzeitig anrührende Geschichte», die ich ihm schriebe. Er selber kenne die St. Galler Szene erst seit Mitte der 1970er-Jahre, da habe es noch keine Bar gegeben, höchstens angstbesetztes Cruising im Stadtpark oder in der Bahnhofsklappe. Als er und ein paar Kommilitonen Mitte der 1970er-Jahre die *Homosexuelle Arbeitsgruppe St. Gallen* gründeten, habe man sich nur privat getroffen. Sicher sei die Situation zwanzig Jahre zuvor angsterfüllter gewesen und die Leute verschämt. St. Gallen sei damals stark von den Religionsdifferenzen geprägt gewesen, mit dem Bischofssitz in der mehrheitlich evangelischen Stadt, mit religionsgetrennten Schulen, mit geschlechtergetrennten Freibädern. Er verweist mich an einen Aktivisten, einen Mann von über neunzig Jahren, der auf meine Frage nach Traxler schreibt: «Leider kann ich Ihnen keine positive Antwort geben.» Ab 1955 hätte Ernst Traxler auch Abonnent des *Kreis** sein können oder später Mitglied des gleichnamigen Klubs. Aber bis um 1975 habe kaum einer seinen vollen Namen preisgegeben. «Wir kannten uns nur mit Vornamen – und meist waren das erfundene.» Wenn er ein Bild von ihm sehen könnte, würde er ihn vielleicht erkennen.

*«*Der Kreis/Le Cercle* war eine dreisprachige, international beachtete Zeitschrift der sogenannten Homophilenbewegung, die von 1943 bis 1967 in Zürich erschien.

Beschreibung: schöngeistige und politische Zeitschrift
für männliche Homosexuelle
Fachgebiet: männliche Homosexualität
Sprache: Deutsch, Französisch, Englisch (ab 1951)
Erscheinungsweise: zweimonatlich
Verkaufte Auflage: max. 2000 Exemplare»

Am 3. Juli 1938 wurde bei einer Volksabstimmung das *Schweizerische Strafgesetzbuch* angenommen, welches das Strafrecht landesweit vereinheitlichte. Die Strafbarkeit homosexueller Handlungen für Personen ab zwanzig Jahren wurde abgeschafft. Die Schweiz war der erste Staat Europas, in dem gleichgeschlechtliche Beziehungen wieder straffrei waren (nachdem sie 1803 in den meisten Kantonen zum Offizialdelikt erklärt und mit Gefängnis bestraft worden waren).

Mehrmals flackert der Name Heinrich Hössli auf, dessen Biografie unbedingt erzählt werden muss: Der Mann lebte von 1784 bis 1864 und schrieb die erste bedeutende Verteidigung der Homosexualität überhaupt: *Eros – Die Männerliebe der Griechen* (erst 1864, in Hösslis Todesjahr, veröffentlichte Karl Heinrich Ulrichs unter dem Pseudonym *Numa Numantius* in Hannover die *Forschungen über das Räthsel der mannmännlichen Liebe;* darin ging es um den *Uranismus*, wie Ulrichs Homosexualität nannte, die *uranische Ehe* war sein Ziel, er bezieht sich explizit auf Hössli). Man könnte Heinrich Hössli den

Urvater der weltweiten LGBTQ*-Bewegung nennen. Und: Er war Glarner.

Dass ausgerechnet in Glarus, diesem abgelegenen, schattigen Ort, der im 18. Jahrhundert gerade mal 2400 Einwohner hat, dieser Heinrich Hössli als ältestes von vierzehn Kindern zur Welt kommt und hier auch bleibt und dieses epochale Werk schreibt, ist schon verwunderlich. Wie bereits sein Vater wird er *Putzmacher*, er vertreibt *Galanteriewaren*, seine Damenhüte, Taschen und Accessoires sind weit über Glarus hinaus bekannt; ein späterer Bewunderer von ihm, der Insektenkundler und Sexualwissenschaftler Ferdinand Karsch, attestiert ihm «ausgezeichneten weiblichen Geschmack, den sogenannten Schick». Hössli heiratet eine Zürcherin, zeugt zwei Söhne (die später beide nach Amerika auswandern werden). Er lebt nicht mit seiner Ehefrau zusammen, Elisabeth bleibt mit den Buben in Zürich, er kehrt nach Glarus zurück. Hössli ist Mitglied männerbündischer Lesegesellschaften, verfasst kirchenkritische Kommentare, liebt exzentrische Brillen und wird immer mehr zum Eigenbrötler, manchmal nennt er sich *Filosof.* Es ist nicht bekannt, ob er homosexuelle Beziehungen lebt oder nur darüber schreibt. Initialzündung für sein Buch *Eros* ist ein Gerichtsprozess. Der Berner Angeklagte, der Rechtsanwalt Franz Desgouttes, wird nach dem Mord an seinem jungen Geliebten zum Tode verurteilt. Es ist ein Mord aus Leidenschaft, der Jüngling hat Desgouttes mit Frauen betrogen. Der Mörder selber beschreibt später die Tat: «In ebenso rasenden als sich widersprechenden Empfindungen ergriff ich ein Messer […] und mit einer cannibalischen Wildheit begab ich mich zu dem Unglücklichen, welcher sanft schlief; ich betastete vorsichtig die Stelle seines Herzens, und stiess den Mordstahl in seine Brust.» Desgouttes wird 1817 öffentlich hingerichtet, erst stranguliert und dann aufs Rad geflochten und gevierteilt, es ist eine der letzten derartigen Exekutionen Europas. Hössli will die Gründe für den aufsehenerregenden Mord verstehen, vertieft sich in Bücher über akzeptierte Männerliebe in der Antike, sammelt Stoff und versucht einen berühmten Aargauer Schriftsteller zu überzeugen, daraus eine Verteidigung der Männerliebe zu schreiben, das Ergebnis ist aber enttäuschend, der Schriftsteller verharrt in Vorurteilen. So beginnt Hössli seine siebzehn Jahre dauernde Arbeit, in der er versucht, gleichgeschlechtlichen Eros als rein und sittlich hochstehend zu verteidigen, so wie es die Griechen taten, Liebe sei immer natürlich und könne keine Sünde sein. Band 1 erscheint 1836 in Glarus in einer Art Selbstverlag, der Verkauf wird jedoch auf Drängen des Evangelischen Rats ein Jahr später von der Regierung verboten. Der radikalliberale St. Galler Verleger Scheitlin ärgert sich massiv über diese Beschneidung der Pressefreiheit, kauft die noch erhältlichen Exemplare auf und lässt in seinem Verlagshaus Band 2 erscheinen. Band 3 wird Hössli nicht veröffentlichen, weil ihm das Geld ausgeht. Im Alter von achtundsechzig Jahren verkauft er seine Liegenschaften in Glarus und zieht von Pension zu Pension rund um den Zürichsee. Der jüngere seiner beiden Söhne, der sich mittlerweile John nennt, schreibt dem Vater Briefe, erklärt darin, dass er die «im Eros niedergelegten Ansichten» geerbt habe, also selber homosexuell sei. Das Schiff, das John 1861 aus Amerika nach Europa zurückbringen soll, wo er den Vater sehen will, sinkt vor Halifax, John ertrinkt, zehn Tage später brennt Glarus, die beschlagnahmten Exemplare des *Eros* werden vernichtet. Heinrich stirbt drei Jahre später enttäuscht und vereinsamt, vor allem der Tod seines verständigen Sohns hat ihn gebrochen. Hösslis revolutionäre Ideen geraten in der Schweiz in Vergessenheit, werden aber in Deutschland aufgenommen und weiterentwickelt. Erst 1898 veröffentlicht ein Heiratsvermittler, Jacob Rudolf Forster, höchst moderne Gedanken zur Emanzipation der Homosexualität. Er wird verfolgt, eingekerkert, in Besserungsanstalten und Irrenhäuser gesteckt – schreibt und kämpft aber weiter. Forster stammt aus: St. Gallen.

Da denkt man in seiner urbanen Überheblichkeit gern, alles Wichtige entstünde in den großen Städten, Paris, London, Berlin, und ja, auch Zürich. Und dann: Zwei der wichtigsten schwulenemanzipatorischen Denker *ever* stammen aus der Schweizer Provinz – und zwar ausgerechnet aus Glarus und St. Gallen.

Traxler arbeitete in Glarus. Der Unfall geschah in St. Gallen. Ich muss die Prozessakten auftreiben, möchte das Kapitel abschließen, will den Tathergang aber doch geklärt haben (wie war das mit den fehlerhaften Bremsen? Und wem musste Traxler jahrelang Geld abstottern?). Mir kommt die Mitarbeiterin am Kantonsgericht Glarus in den Sinn, die meinte, wahrscheinlich sei St. Gallen zuständig. Ich rufe also beim Kantonsgericht St. Gallen an, werde (freundlich) ans Kreisgericht Uznach weiterverwiesen, werde dort (sehr freundlich) an die Staatsanwaltschaft Uznach verwiesen, die sich zwar zuständig, aber trotzdem nicht angesprochen fühlt und mich abwimmelt (unfreundlich). Akten, so erklärt die Frau zum Schluss, würden bei Strafprozessen nach zwanzig Jahren vernichtet, ich solle *die Sache* am besten einfach vergessen.

Es bleiben die lokalen Zeitungen, die über Strafverfahren berichtet haben, in Rubriken wie *Menschen vor Gericht* etc. Das Staatsarchiv stellt historische Zeitungen der gewünschten Periode im Lesesaal bereit, wenn man sich anmeldet. Ich schreibe eine Mail, bald schon antwortet ein Mitarbeiter, der Zeitungen aus der Region gefunden hat, die *Linth-Zeitung* und die *Rapperswiler Nachrichten* etwa. Wir verabreden einen Sichtungstermin.

Ein weiterer Mitarbeiter des Staatsarchivs meldet sich überraschenderweise, ein Historiker. Ich möge ihm doch sämtliche Informationen zum Unfall schicken, schreibt er. Er werde sich auf die Suche nach den Prozessakten machen, er sei zuversichtlich, sie zu finden. Ich greife zum Telefon und rufe ihn an. Seine Stimme ist jung. Er ärgert sich, warum mir keines der Gerichte Auskunft darüber gab, dass es Aufgabe des Staatsarchivs ist, Strafprozessakten aufzubewahren. Man habe Tausende gelagert. Ich schicke ihm, was ich habe, auch den Leserbrief von 1963.

Und plötzlich liegt alles offen da.

Fünfzehn behördliche Schreibmaschinenseiten, vergilbtes Papier, geschwärzte Stellen, Stempel, Unterschriften. Ich bin zu aufgeregt, um seriös zu lesen, will am liebsten nichts wissen, überfliege die ersten Seiten so oberflächlich als möglich, schließe die Datei. Drei Dinge sind mir ins Auge gestochen und natürlich vergisst man die nicht mehr, auch nicht nach einer Nacht drüber schlafen:

1. Traxler war adoptiert.
2. Er hat einen Beifahrer gehabt.
3. Das Pferdegespann lenkte ein Kind.

Am nächsten Morgen rufe ich den Archivar an, um mich zu bedanken, erkläre, dass ich die fünfzehn Seiten häppchenweise lesen werde, und frage nach seinem ersten Eindruck. Ihm sind ebenfalls die drei Punkte aufgefallen. Es sei erstaunlich, woher plötzlich dieser Beifahrer auftauche, worin ich ihm nur beipflichten kann, weder Mutter noch Onkel haben ihn je erwähnt. Der Beifahrer ist ein Rätsel. Nun also fünf statt vier junge Männer zur falschen Zeit am falschen Ort.

Dass der Bauernbub («der Bursche»), der das Fuhrwerk lenkte, erst vierzehn war, sei auch bemerkenswert. Dass der mit seinen Pferden nach Hause trabte, obwohl direkt neben ihm zwei Autos ineinanderkrachten und sogar Menschen durch die Luft wirbelten, habe Traxlers Verteidiger gegen ihn verwenden wollen, aber herrje, wer wisse schon, wie man selber als Kind gehandelt hätte. Es berührt uns beide, dass Ernst Traxler adoptiert war («Seine richtigen Eltern sind ihm unbekannt»), eine schwere Kindheit womöglich, weggegeben, nicht gewollt, vom Staat entrissen – und dann das. Er werde, so der Archivar, der Sache nachgehen und in historischen Familienbüchern nachforschen, vielleicht finde sich etwas. Zuletzt sagt er, es sei immerhin *redlich* von Traxler gewesen, seine Schuld zuzugeben. Das sei heutzutage nicht mehr so, all diese Ausflüchte, die die Leute hätten.

«Es ist mir klar, dass ich diesen Verkehrsunfall verschuldet und mich der fahrlässigen Tötung schuldig gemacht habe. Ich nehme zur Kenntnis, dass meine Pneus, d. h. drei davon ungenügenden Gleitschutz aufwiesen. Das entsprechende Gutachten habe ich zur Kenntnis genommen und anerkenne ich. Ich muss zugeben, die Pneus vor dem Unfall nie kontrolliert zu haben. Ich hatte den Wagen etwa 2 Wochen vorher aus der Werkstatt geholt, wo eine grössere Reparatur ausgeführt werden musste, und man hat mich dort nicht auf den schlechten Zustand der Pneus aufmerksam gemacht. Ich sehe aber ein, dass ich persönlich verantwortlich gewesen wäre, die Pneus vor dem Unfall zu kontrollieren und nötigenfalls zu ersetzen. Es ist mir klar, dass ich die Geschwindigkeit den gegebenen Strassenverhältnissen nicht angepasst habe. Ich weiss, dass ich angesichts der Rechtskurve und des vorhandenen Fuhrwerkes meine Geschwindigkeit früher hätte mässigen müssen. Es ist mir klar, dass ich angesichts des Gegenverkehrs und der Kurve das Fuhrwerk nicht hätte überholen dürfen. Ich bekenne mich schuldig der fahrlässigen Tötung, des Fahrens mit unangemessener Geschwindigkeit sowie des Fahrens mit Pneus ohne genügenden Gleitschutz.»

Verschiebe die Aktenstudie aufs Wochenende, wenn ich in Poschiavo sein werde, ein kleines Literaturfestival, drei Tage und Nächte auf der Piazza rumsitzen, Lesungen besuchen, selber lesen, mit Fremden plaudern, Hotelzimmer, Frühstückssaal, südliches Flair, das scheint ein guter Ort für unersprießliche Lektüre zu sein. Der kurzbeinige Hund und ich fahren im Auto ins Puschlav, in diese hinterste Ecke der Schweiz, Zwischenstopp in Mollis, der schönen Ebene wegen, die Unfallstelle habe ich ausgelassen, jetzt, wo sie lokalisierbar wäre («in der lang gezogenen Rechtskurve hinter der alten Linde»), man muss sich ja nicht jedes Bild in den Kopf pflanzen. Ein Spaziergang vorbei am Wirtshaus, kurz die Überlegung, hineinzuspringen auf einen Kaffee, aber die Lust auf grummelige Männer, die mittlerweile wissen dürften, wer diese aufdringliche Fremde ist *(in Glarus kennt jeder jeden)*, hält sich in Grenzen. Das Wetter ist gut, das Dorf blumenbeschmückt, wir schlendern über die Ebene, dem Fluss entlang zurück, an Traxlers Wohnhaus vorbei, dann durch die engen

Gassen, sitzen beim Brunnen, der Hund trinkt, als sich ein Fenster im Parterre eines Hauses öffnet und eine alte Frau ruft: *Hey Sie, sind Sie nöd die, wo dä Traxler suecht?* Ich gehe hin, sie sagt freundlich, sie habe schon vermutet, dass ich wiederkomme, sie habe etwas für mich. Sie verschwindet im Dunkeln, kehrt mit einem Umschlag in der Hand zurück, reicht ihn mir, es sei ein Bericht über das Turnfest, *us dä Nünzger,* auf einem Bild sei auch Traxler drauf, nur klein, aber immerhin, sie habe ihn markiert: *dä mit äm Chrüzli.* Dann schließt sie rasch das Fenster, bevor uns jemand sieht. Ich gehe zum Auto, lege den Umschlag ins Handschuhfach und fahre los Richtung Puschlav. Der richtige Moment, ihn zu öffnen, wird kommen. Jetzt ist's zu früh – wenn ich schon die Prozessaktenlektüre hinausschiebe.

Poschiavo ist anders, als ich es mir vorgestellt habe, kleiner, herrschaftlicher, südlicher, voller Gärten, die sich an den Dorfrändern aneinanderreihen; sehr bezaubernd. Ich bin anders, als ich es mir vorgestellt habe, nämlich nervös. Während die anderen schwatzend in den Restaurants an der Piazza sitzen, hocke ich auf dem Hotelbett und stöbere durch die Akten.

Anwesend am Prozesstag im April 1964: der Gerichtspräsident, zwei Bezirksrichter, der Gerichtsschreiber, Traxlers Verteidiger aus Glarus, der Zürcher Anwalt des Zivilklägers («bzw. dessen Ehefrau und Kind») und Ernst Traxler selbst. Die Aussagen der drei Zeugen (Mitfahrer, Bursche, Onkel) waren offenbar vorher erfolgt. Zehn Männer insgesamt. Und die große Abwesende: Mama, neunundzwanzig Jahre alt (vollstes Verständnis für ihr Nichterscheinen).

Gleich auf Seite 2 wird die Forderung der Zivilkläger genannt: Der Angeschuldigte sei der fahrlässigen Tötung schuldig zu sprechen und «angemessen» zu bestrafen. «Zusätzlich muss der Angeschuldigte die geschädigte Partei für Umtriebe entschädigen: Barauslagen, Porti, Telefone, Fahrspesen: Fr. 62,20; Honorar: Fr. 350.-»

Die Verteidigung fordert eine bedingt erlassene Gefängnisstrafe von einem Monat und eine Geldbuße von 200.- Franken.

Es folgt eine minutiöse Beschreibung des Hergangs, auch Traxler selber schildert die Sekunden vor der Katastrophe. Er will das Fuhrwerk in einer Rechtskurve überholen, sieht den entgegenkommenden *VW Käfer*, merkt, dass es nicht reichen wird, will wieder hinter das Fuhrwerk, das nun schneller fährt («der Bursche [redacted] erkannte die Gefahr und trieb sein Fuhrwerk durch einen Peitschenschlag zu höherer Geschwindigkeit an»), die maroden Bremsen des *Chevrolet* versagen («der linke Bremsbelag war an vereinzelten Stellen von der Bremstrommel bis auf die Nieten abgeschliffen»), er kommt ins Schleudern und rechtwinklig auf der Straße zum Stehen, der *VW* fährt frontal in die rechte Seite des *Chevrolet*, Traxler und sein Mitfahrer werden auf die Wiese geschleudert.

Da muss ich erst mal stoppen, verlasse das Hotel, spaziere mit dem Hund durchs Dorf, ohne Leine, er munter voraus, schleiche mich am Veranstaltungsort vorbei, wo eine Lesung stattfindet, die ich hätte besuchen wollen und sollen, kehre mit schlechtem Gewissen über Hintergassen zurück ins Hotelzimmer und lese im letzten Teil des Dokuments eine Art Conclusio von Traxlers Aussage.

«Die Schuld am Unfall könne er nicht bestreiten. Der von ihm gefahrene Chevrolet sei in sehr gutem Zustand gewesen. Vor diesem Auto sei er Eigentümer von 1 Mercedes, 1 BMW und 1 Plymouth gewesen. Noch zehn Tage vor dem Unfall habe er eine Reparaturrechnung von Franken 4618 für den Chevrolet erhalten. Er gibt die Geschwindigkeit mit circa 100 bis 110 Stundenkilometer an und bemerkt, dass der Zusammenstoss nicht frontal erfolgt sei; er müsse aber zugeben, zu schnell auf das Pferdefuhrwerk zugefahren zu sein und die Distanzen falsch berechnet zu haben. Als er [redacted] aus dem VW getragen habe, sei Dr. del Buono mit Koffern, Taschen und Decken ganz zugedeckt gewesen. Nach dem Unfall sei er praktisch jeden Tag in den Spital gefahren, habe mit Frau Dr. del Buono korrespondiert und habe seinem Mitfahrer [redacted] nach dem Unfall finanziell geholfen. Der Kaufpreis des Chevrolet habe Franken 2200 betragen.»

Es ist, abgesehen von der Irritation darüber, wie ein junger Mann, der erst seit zwei Monaten im Besitz eines Führerscheins ist, vier Autos *(Chevrolet! Mercedes! BMW! Plymouth!)* besessen, eine horrende Reparaturrechnung bezahlt haben kann, dieser eine Satz, der mich umhaut: *«Als er* [redacted] *aus dem VW getragen habe, sei Dr. del Buono mit Koffern, Taschen und Decken ganz zugedeckt gewesen.»*

Nie habe ich, die ich nur Fotos von Vater kenne und keine einzige Filmsequenz, ihn mir anders als statisch vorgestellt, selbst die Aufnahme während eines Tennisspiels, wo er in kurzen Hosen, T-Shirt und verschwitzt Arm und Schläger nach dem Ball ausstreckt, ist halt nur ein Bild. Aber dass Vater unter Koffern, Taschen und Decken liegt, erzählt so viel mehr, zeigt ihn mir als leblos daliegendes Häufchen Mensch, mit gebrochenem Genick, weich gebettet, wahrscheinlich zusammengesackt im Sitz, umhüllt von Stoff und Leder, aber auch begraben unter all den Sachen, ich spüre seine Bewegungslosigkeit, in einem Körper, dessen Herz noch schlägt, das Blut pulsiert, die Lunge Luft einsaugt und ausstößt, ich sehe das alles bewegt und warm, filmisch, haptisch, unendlich körperlich. Irgendjemand muss die Koffer, Taschen und Decken vom Körper dieses jungen Menschen entfernt haben, Stück für Stück. Die Bilder in meinem Kopf sind stärker als jede Fotografie, ich fürchte, total abzustürzen in Poschiavo, wo man auf den Straßen Italienisch spricht, Vaters Sprache, wo alles so lieblich und gegenwärtig ist, nur ich in der Vergangenheit klebe, die aber bildhafter ist als die Umgebung, in die ich mich wieder einfügen muss.

Sich bloß nichts anmerken lassen.

Und dann ist da noch eine Sache, die mich aufwühlt, dass nämlich Traxler ins Krankenhaus gefahren ist, mehrmals, und dass er mit Mutter korrespondiert hat. Es wirft ein neues Licht nicht nur auf ihn, sondern auch auf sie. Warum bloß hat sie das nicht erzählt? Um keine Diskussion aufkommen zu lassen, um mich zu schonen, sich zu schonen, um zu vergessen? Hat sie das Krankenhauspersonal angewiesen, ihn wegzuschicken, als sie Tag und Nacht in Vaters Zimmer wachte? Wollte sie sich nicht auch noch mit Traxlers Seelenzustand beschäftigen müssen oder diesen Mann einfach als abstrakte Figur bewahren, was ich verstehen würde?

Zurück von ihr und ihm dann wieder hin zu Vater und zu den Folgen des Unfalls, auf Seite 4 minutiös geschildert.

«VW-Führer [redacted] erlitt einen Oberschenkelbruch am linken Bein, eine Hirnerschütterung und verschiedene Schürf-, Quetsch- und Risswunden. Zufolge der Hirnerschütterung war er einige Stunden bewusstlos. Sein Mitfahrer Dr. med. Manfredi del Buono, italienischer Staatsangehöriger, Oberarzt im Kantonsspital Zürich, erlitt gemäss Sektionsbericht des Kantonsspital Zürich eine Schädelbasisfraktur, eine rote Erweichung des Hirnstamms, der Brücke, des verlängerten Markes, der Kleinhirnhälften, des Hypophysenvorderlappens und eine schwere Thoraxkontusion mit 12 Rippenbrüchen und Blutungen in beiden Brusthöhlen. Alle Verletzten wurden vorerst ins Krankenhaus Uznach eingeliefert, Dr. del Buono später ins Kantonsspital Zürich, wo er seinen Verletzungen am Nachmittag des 18.8.1963 um 15:40 Uhr erlag. Traxler erlitt eine Hirnerschütterung und einige Schnittwunden im Gesicht; sein Mitfahrer [redacted] ebenfalls eine Hirnerschütterung, ferner einen Querbandriss am rechten Knie und eine schwere Quetschung in der rechten Hüftgegend. Beiden Fahrzeugführern wurde eine Blutprobe entnommen, welche bei Traxler ein Resultat von 0,06 Promille und bei [redacted] ein solches von 0 Promille ergab. Die Fahrzeugführer waren also offensichtlich nicht angetrunken.»

Was einem plötzlich so einfällt (Assoziation wegen der Alkoholmessung vielleicht oder Verdrängen der medizinischen Details): Mutter und ihr Bruder, der ihr Halbbruder und vier Jahre jünger war, haben kaum je über den Unfall gesprochen. Sie hat ihm noch im Krankenhaus gesagt, *dich trifft keine Schuld, mach dir keine Vorwürfe*, danach hat man jahrzehntelang geschwiegen. Bis zu jenem Abend, als es in einem Restaurant zum Streit unter den Geschwistern kam, der Bruder angetrunken, Mutter gereizt, die Situation sei eskaliert, erfuhr ich aus dritter Hand, aber dann seien die beiden auf die Terrasse am See gegangen und hätten sich ausgesprochen. Der Bruder habe von seinen lebenslangen Schuldgefühlen geredet, und Mama habe gesagt: *Heutzutage würde man psychologischen Beistand erhalten, aber damals blieben wir ja ganz allein damit.* Das Credo jener Ära: *Reiß dich zusammen.* Andere mit den eigenen Nöten behelligen: undenkbar, geradezu unanständig.

Reiß dich zusammen – wie oft habe ich diesen Satz aus Mutters Mund gehört. Dauernd musste sich zusammengerissen werden. Und wie oft ertappe ich mich dabei, ihn selber zu denken, wenn Menschen ausflippen, heulen, zetern, keifen, sich echauffieren, betrunken kreischen. Nun muss ich ihn mir selber sagen, aufgeregt wie ich bin, all die Bilder und Wörter im Kopf, *Blutungen in beiden Brusthöhlen … rote Erweichung des Hirnstamms … schwere Thoraxkontusion …* Ich reiße mich zusammen und besuche die nächste Lesung, vermag dem Inhalt aber kaum zu folgen.

Zwei neue Wörter gelernt: *duplikando* und *replikando* («In der Replik hat der Kläger die Möglichkeit, auf die Argumente des Beklagten in der Klageerwiderung einzugehen, während die Duplik dem Beklagten die Gelegenheit gibt, auf die Replik zu reagieren»). Und wie zweifelhaft das Geschäft von Anwälten sein kann, unlauter geradezu. Und wie sich der Sprachgebrauch verändert hat im Laufe der Jahrzehnte.

Der Anwalt der Anklage, also unserer, erläutert erst sachlich die Fakten: überhöhte Geschwindigkeit, unübersichtliche Rechtskurve, ein nicht betriebssicheres Fahrzeug. Dann erinnert er daran, dass Traxler einen weiteren Unfall verursacht hatte, bei dem ebenfalls keine Bremsspuren festgestellt wurden: «Es macht also den Anschein, als ob Traxler die Fahrt mit vollem Dampf fortsetzt, obwohl er ein Hindernis sieht. Diese Tatsachen dokumentieren ein beängstigendes Resultat über eine bloss 2-monatige Fahrpraxis.»

Er zielt auf den Charakter Traxlers, stellt dem die Integrität Vaters gegenüber. «Offenbar hat Traxler nach der Führerprüfung eine alte und billige Occasion gekauft und damit auf der Strasse den grossen Herrn gespielt, ohne über die charakterlichen Voraussetzungen zur Führung eines Motorfahrzeuges zu verfügen. Der angerichtete Schaden ist sehr gross und es ist viel Leid über eine junge und hoffnungsvolle Familie gebracht worden. Der erst 33-jährige Oberarzt Dr. del Buono war in der Schweiz und im Ausland hoch angesehener Arzt und Wissenschaftler. Es durften grösste Hoffnungen auf ihn gesetzt werden. Schon 1961, also mit 31 Jahren, war er Privatdozent an der Universität in Rom. Eine Professur in Zürich stand unmittelbar bevor. Der Unfalltod bedeutet den grössten Verlust nicht bloss für Frau und Kind, für die Eltern und Geschwister, sondern für die gesamte Medizin.»

Der Verteidiger widerspricht dem Vorwurf der Charakterschwäche: «Der Vorwurf an die Adresse des Angeschuldigten, dieser habe blöffen wollen, muss zurückgewiesen werden. Traxler hat eine gehobene Stelle bei der Giesserei in Glarus. Er hat auch alles getan, was er tun konnte.» Der Verteidiger geht dann in die Vollen und wirft Onkel und Bursche vor, sie hätten auf der zweispurigen Straße jeweils weiter rechts fahren sollen, damit Traxler zwischen ihnen hätte durchfahren können, den Knaben beschuldigt er, nicht angehalten zu haben («Trotz des Unfalls ist er feucht-fröhlich weitergefahren»), als ob das etwas am Unfall verändert hätte. Er gibt zwar zu, dass die Pneus des *Chevrolet* in jämmerlichem Zustand waren, dabei handele es sich aber um einen «Bagatelltatbestand». Als Letztes stellt er die Behauptung auf, die Koffer und Taschen, die bei der Kollision nach vorne fielen, hätten Vaters Tod verursacht, was klar dem medizinischen Bericht widerspricht.

Die Richter gehen auf die Verteidigervolten nicht ein, sprechen Onkel und Bursche komplett frei: «Die alleinige und ausschliessliche Schuld an der Kollision – und damit am tötlichen Ausgang des Dr. del Buono – liegt nur beim Angeschuldigten.» Was der, im Gegensatz zu seinem Anwalt, ja überhaupt nicht bestreitet.

Das Urteil folgt ziemlich genau den Forderungen der Verteidigung: 200 Franken Buße, zwei Monate Gefängnis bedingt bei zweijähriger Probezeit.

Nach der Veranstaltung auf der Piazza sitzend, schwatzend, auch lachend, drängt sich ein bislang unbeachteter Satz von Traxler ins Bewusstsein: «Auf dem Fuhrwerk waren Milchkannen.»

Da stellt man sich ein Leben lang einen Heuwagen vor, hoch bepackt mit goldschimmernden Ballen, schwankend, Strohhalme, die über die Straße wehen, dieser kräftig gesunde Geruch an einem Augusttag, und dann entpuppt er sich als Fuhrwerk mit scheppernden Milchkannen. Nicht dass das etwas ändern würde, aber Milchkannenästhetik ist eine dezidiert andere als Heuwagenästhetik, moderner, nicht so von der Zeit losgelöst, Heuwagen sind geradezu archaisch (Erinnerung an das Triptychon *De Hooiwagen* von Hieronymus Bosch, links der Garten Eden, rechts die Hölle, im Mittelteil der Heuwagen, von Dämonen gezogen; eine Wahnsinnsarbeit. Oder, weniger spektakulär, Gemälde aus Apulien, da sind dann magere Maultiere oder Ochsen vorgespannt).

Vielleicht ist es aber doch etwas anderes, denn ein Heuwagen hätte keinen Blick nach vorne erlaubt, womöglich hätte Traxler nicht überholt. Aus dem imaginierten alten Heuwagenlenker ist ein Milchkannenbub geworden.

Und wieder die Assoziation zu Roland Barthes. Er verliert seinen Vater ebenfalls früh, der Vater fällt während einer Seeschlacht 1915, der kleine Roland ist elf Monate alt. Seine hochverehrte Mutter, mit der er nahezu zeitlebens zusammenwohnt, stirbt 1977, da ist er einundsechzig. Im *Tagebuch der Trauer* schreibt er: «Die Wahrheit der Trauer ist ganz einfach: Jetzt, da Mam. tot ist, treibt es mich zum Tod (nur die Zeit trennt mich noch von ihm).»

1980 wird Barthes von einem Milchlaster überfahren. Die getrennte Zeit: zweieinhalb Jahre. Er wird im Grab seiner Mutter Henriette beigesetzt, so wie Mutter und ich in Vaters Grab beigesetzt werden (höchstwahrscheinlich). Es wäre interessant zu erfahren, was Barthes zu einem weiteren, in der akuten Trauerphase geschriebenen, unvergesslichen Satz sagen würde, hätte er die Mutter um zwanzig oder dreißig Jahre überlebt (wie es sich laut Abfolge der Generationen gehörte): «Von nun an und für immer bin ich meine eigene Mutter.»

Nachts ein Spaziergang durch Poschiavo, der Hund eilt einem anderen entgegen, ich hinterher, da, plötzlich Totenschädel hinter schmiedeeisernen Gittern in einer Art offener Halle, einer neben dem anderen, gestapelt, unterkieferlos, es müssen Hunderte sein (637, lese ich später). Ich glotze rein, leere Augenhöhlen scheinen zurückzuglotzen, dazwischen weiße Zeichnungen auf schwarzem Grund, ein Sensenmann, ein auf einem Pferd reitendes Skelett, ein Schädel neben Blumenvase und Krone, *«vivo e morto»* steht da, an anderer Stelle *«MEMENTO MORI»*. Nur auf den ersten Blick sehen sie gleich aus, bei genauerem Hinsehen unterscheiden sie sich durchaus, breitstirnig, eckig, die einen sehen verschreckt aus, andere ernst, bedrückt, grinsend, kess, der ganze Interpretationsspielraum breitet sich vor einem aus, auf alle Fälle sind sie lange tot und wahrscheinlich oft miteinander verwandt (und 36 weisen Frakturen auf). Die Loggia des Oratoriums Sant'Anna, wo sich einst die Mönche zum Gespräch trafen, ist 1903 in ein Beinhaus umgewandelt worden. Die Schädel stammen aus den Grüften der Stiftskirche, die man leerte, als sie überzuquellen drohten, die Gebeine bestattete man auf dem Kirchplatz. Die Totenköpfe aber sind für uns, sind die alltägliche Mahnung: *Bedenke, dass du sterblich bist.*

Abreise aus Poschiavo, die Fahrt über den Berninapass erhebend, Blicke auf Gletscher, Vergangenes erkennbar, Zukünftiges denkbar, die eigene Kleinheit wohltuend. Noch immer schwirren im Kopf Sätze herum, wie: «Von dort an erinnere ich mich nur noch an einen ohrenbetäubenden Knall, an Rauch, Dampf und splitternde Scheiben. Als ich wieder realisieren konnte, was geschehen war, lag ich in der Wiese draußen.» Traxler lag nicht allein in der Wiese, auch den Mitfahrer hatte es aus dem Auto geschleudert. Ob der wohl sein Geliebter war, sein Freund, dem Traxler die Möglichkeit eines Verdienstes im Glarnerland ermöglicht hatte? Zwei unbeschwerte Jungs auf dem weiten Weg zur Arbeit in einem exaltierten Schlitten, womöglich nach einer Liebesnacht; für den Mitfahrer der erste Arbeitstag, der enden wird, bevor er angefangen hat? Seltsam, nach so viel Beschäftigung mit dem Tod drängt sich die Liebe in den Vordergrund, vielleicht ist es auch nur die Landschaft, die das evoziert, das Schöne sehen, das Verderben vergessen. Und so gelingt es, die Kurven über den Julierpass mit Elan zu nehmen und an den jungen Manfredi zu denken, an die beiden Freundinnen, die er vor Mutter hatte (die, von denen ich weiß), an die freche Agata aus Bari, die ich auf einen Aperitiv in einer Bar getroffen habe, da war sie schon über achtzig und immer noch schmuck, sie erzählte von sich und ihm, wie er sie auf der Vespa abgeholt und ausgeführt hat, wie sie Tennisspielen gingen, abends dem *Lungomare* entlangfuhren, wie sie missbilligend beäugt wurde im Palazzo des Professors Del Buono, keinesfalls hätte die alte Zora toleriert, dass Agata die Schwiegertochter würde, und so hat man Manfredi kurzerhand ins Ausland verfrachtet, nach Paris zum Studieren, wo er dann die Nächste kennenlernte, wieder eine Italienerin, eine Mirella, mit der er per Autostopp von Paris nach Brüssel fuhr, sie ist heute neunzig Jahre alt. Beide Frauen schwärmten von ihm, von seiner Liebenswürdigkeit, seiner Leichtigkeit, vor allem von seiner Offenherzigkeit, und beide sagten, dass seine große Liebe meiner Mutter gegolten habe, das hätten sie sofort gespürt, als er ihnen von der *bellissima donna svizzera* erzählte, die im Kantonsspital hinter einer Tür hervorgehüpft kam und mit ihm im Flur kollidierte, was, wie er vermutete, kein Zufall gewesen war. Ich freue mich an dem Bild der hüpfenden Mutter, die ich so fröhlich nicht kannte, so unbeschwert und keck, für mich war sie immer distinguiert und zurückhaltend und letztlich unergründlich.

IM KAFFEEHAUS 9 (über das Schweigen):
Mutters Bewältigungsstrategie war das Schweigen, das wissen wir ja, sage ich. Aber warum hat sie nie erzählt, dass Traxler mehrmals ins Spital kam, wo Vater lag? Sie muss den doch getroffen haben. Und das war mutig von ihm. Die beiden haben übrigens denselben Jahrgang, das waren zwei junge Menschen von achtundzwanzig Jahren.

Sie hat sich eingekapselt, meint Henri.

Bloß das Thema nicht anrühren.

Warum habe ich nie gefragt?

Zunehmend glaube ich, dass es hochkompliziert ist, was sprachlich geht und was nicht, sagt Isadora. Du lernst von Anfang an, worüber du reden kannst, es heißt ja nicht umsonst Muttersprache. Die halbe Welt besteht aus Tabus und heißen Zonen. Generationen haben über die Nazis nicht geredet, da konnten die 68er fragen, so viel sie wollten, da kam nichts.

Als Kind ist es schwierig, nachzufragen, sagt Munz. Meine Mutter lebte auf einem Bauernhof, sie nahm früh Klavierunterricht, war begabt, sie spielte vierhändig in der Kirche. Zum Unterricht musste sie mit dem Fahrrad durch den Wald ins Dorf runterfahren. Immer wieder erzählte sie: *Dann kam einer und hat mich vom Velo gerissen.* So hörte die Geschichte jedes Mal auf. Ich hätte nie gewagt zu fragen: *Und dann?*

Vergewaltigung ist ein großes Tabu, sagt Isadora.

Munz zögert kurz. Es gibt ein zweites Thema. Ihr erinnert euch, dass mein Bruder im See ertrunken ist? Vater ging abends in die *Badi*, um ihn zu suchen, weil er nicht nach Hause gekommen war. Das Bad war leer, nur ein einziges Tüchlein lag auf der Wiese.

Oh Gott, wie traurig.

Hat man ihn an dem Abend gefunden?, frage ich.

Nicht mal das weiß ich. Er war eigentlich ein guter Schwimmer, hatte sogar die Sportabzeichen. Dass er ertrunken ist, ist die offizielle Version. Es gab eine Meldung in der Zeitung, die hat Mutter aufbewahrt. Da steht: «Badetod durch Herzversagen». Es gibt aber eine zweite Version. Tante Miggi, die Schwester meines Vaters, sagte mir, als ich zwanzig war: *Jetzt muss ich dir erzählen, wie dein Bruder wirklich starb. Du darfst aber mit niemandem drüber reden, vor allem nicht mit der Mutter, die muss sonst in die Klinik!* Und dann eröffnete mir Tante Miggi, dass es ein Sexualdelikt gewesen sei …

Das ist doch unmöglich, wie kann man einer Mutter verheimlichen, dass das Kind ermordet wurde!

Das kann kein Gerücht aus heiterem Himmel sein. Warum sollte die Tante das erfinden?, fragt Henri.

Sie behauptete sogar, der Täter sei erwischt und verurteilt worden.

Deine Mutter war keine Zeugin, also wurde sie nicht zum Prozess aufgeboten. Vielleicht hat dein Vater alles hintenrum gemacht, um sie zu schonen? Die Post abgefangen etc.?, fragt Henri.

Zuzutrauen wär's ihm gewesen, antwortet Munz.

Ich bestelle vier Carac-Törtchen. Fürs Gemüt, sage ich.

Gegens Schweigen, ergänzt Isadora.

Als Mutter im Pflegeheim war, habe ich ihr erzählt, wie wichtig es für mich war, mit sechzig meinen Vater kennengelernt zu haben, sagt Henri. Da antwortet sie tatsächlich: *Der geht dich doch gar nichts an.*

Himmel, ruft Isadora. Was haben diese Frauen bloß für ein Ding?

Was schon erstaunlich ist: Bei uns, dieser Familie mit den zwei unehelichen Kindern, wurde andauernd über Familien getratscht, die irgendwie anders waren. Aber dass wir selbst so waren, darüber wurde kein Wort verloren.

Vielleicht verarbeitet man die eigenen Geschichten, indem man über andere redet, sage ich.

Was mir noch einfällt zu Traxler: Dass der Täter ins Krankenhaus geht, das ist doch normal. Du fährst jemanden über den Haufen, da gehst du doch mal hin und willst wissen, wie es um ihn steht, sagt Isadora.

Munz widerspricht. Nein, das ist nicht normal, das ist schon eindrücklich und zeigt: Es hat viel mit ihm gemacht.

Das glaube ich auch, sage ich. Der arme Mann.

Wenn ich daran denke, wie du früher über ihn gesprochen hast, du hattest ein so schlimmes Bild von ihm, hast ihn grundsätzlich *dieser Typ* oder *dieser Kerl* genannt. Dich hat deine Recherche auch verändert, sagt Munz.

Mutter ist traurig, weil ihre Tochter sie nie besucht. Nicht ein einziges Mal in all den Jahrzehnten habe ich sie diesen Satz sagen hören: *Ich bin traurig.* Jetzt hat sie ihn gesagt. Ich sitze vor ihr und bin traurig, weil sie traurig ist, und weiß, die Situation ist komplett aussichtslos. Sie würde mir nicht glauben, dass ich ihre Tochter bin, und wenn ich ihr versicherte, die Tochter sei oft da, würde sie mich als Lügnerin verunglimpfen. Aussichtslos, komplett.

Roland Barthes noch einmal, wieder das *Tagebuch der Trauer,* das er am Tag nach dem Tod seiner Mutter beginnt. Im Juli liest er in der Proust-Biografie von George D. Painter, notiert und zitiert dann, sicherlich berührt von Prousts Sehnsucht nach der Mutter: «Glauben Sie wirklich, daß es ein Wiedersehen nach dem Tode gibt? Wenn ich dächte, ich würde meine Mutter wiedersehen, würde ich in dieser Minute sterben.»

Beneide Barthes darum, die Mutter derart vermissen zu können. Bis zum Ende waren die beiden eng verbunden. Mutter und ich waren auch eng verbunden, nicht nur, als ich klein war, als ich sie verteidigte gegen jeden Vorwurf, wenn es wieder einmal hieß, ich sei zu oft allein, warum diese Frau studieren müsse, warum sie nicht einfach nur Mutter sein könne. Nach der Pensionierung hat sie viele Jahre ein Zimmer in unserer Wohngemeinschaft in Berlin gehabt, hat monatelang bei uns gelebt, welche andere Mutter macht das schon? Nicht der Tod hat uns getrennt, sondern die Demenz. Ich habe sie längst verloren.

«Ich wünsche mir nichts anderes, als in meinem Kummer zu wohnen», schreibt Barthes an anderer Stelle, und wahrscheinlich war es genau das, was Mutter fühlte nach Vaters Tod, als es hieß, sie sei *versteinert*; wahrscheinlich wollte sie einfach in Ruhe gelassen werden und in ihrem Kummer wohnen.

Ein Genie sind Sie!, rufe ich ins Telefon, nachdem ich die Mail des Archivars geöffnet habe. Diese Akkuratesse, dieses strukturierte Denken, ich liebe euch Historiker, dopple ich nach.

Danach wende ich mich wieder seiner Recherche zu. Er hat gefunden: Traxlers Geburtsregisterauszug (er wurde als außerehelicher Sohn des Dienstmädchens Hedwig Traxler geboren); den Familienregisterauszug der Mutter (sie hatte außer Ernst einen vier Jahre älteren, ebenfalls außerehelich geborenen Sohn. Die Mutter starb 1950 als ledige Frau, im Alter von dreiundvierzig Jahren); die Namensänderung des Bruders (der Bruder wurde adoptiert). «Wo aber wuchs Ernst Traxler auf?», stellt der Archivar in seinem Schreiben die rhetorische Frage, die er gleich selbst beantwortet, er hat nämlich im *Bürgerregister* die Namen der Adoptiveltern gefunden, die ebenfalls Traxler hießen und wahrscheinlich nur die Pflegeeltern waren, da eine Adoptionsurkunde fehlt. «Doch wie stand Ernst Traxler verwandtschaftlich zu seinen – mutmasslich: – Pflegeeltern Traxler-Brugger?» Auch hier kennt er die Antwort: Einem Eintrag im *Elternblatt* zufolge war Alfred Traxler der jüngste Bruder von Johann Traxler, dem Vater von Hedwig Traxler. «Oder kurz gesagt», schreibt der Archivar: «Ernst Traxler wuchs vermutlich bei seinem Grossonkel auf.»

Noch so ein Frauenschicksal. Wie Magdalena Traxler eine Generation vor ihr, werden Hedwig Traxler die beiden unehelich geborenen Söhne weggenommen, die einen Vormund haben werden, nur weil sie *illegitim* sind. Was hat man diesen Frauen bloß angetan (und den Kindern). Dass Traxlers Mutter mit dreiundvierzig starb, kann einen schon beelenden.

Be-elen-den, nach DUDEN: (schweizerisch)
jemanden traurig stimmen.

Ich kontaktiere noch einmal *den Lehrling.* Er wusste nichts von einem Beifahrer, was uns verwundert. Auch einen Bruder habe Traxler nie erwähnt, nur eine wesentlich ältere Schwester, mit der er sich nicht verstanden habe, die Tochter der Pflegeeltern also, sie taucht im Bürgerregister auf (dem

Archivar sei Dank), sie war siebzehn Jahre älter als er und starb wenige Wochen nach ihm. Laut Prozessakten kannte Traxler seine Eltern nicht, was nur bedeuten kann, dass seine Pflegeeltern ihm verschwiegen, dass sie keine Fremden, sondern Großtante und Großonkel waren, und die Schwester eigentlich die Tante.

So viel Schweigen überall.

Der Archivar schickt die nicht anonymisierte Version des Gerichtsurteils hinterher, er habe sich erkundigt, es sei mein Recht als Zivilklägerin, als die ich damals fungierte, die Namen aller Beteiligten zu kennen. Es tauchen also zwei neue urschweizerische Männernamen auf, der des Beifahrers und der des Fuhrwerklenkers, dem Bub. Wieder stellt sich die Frage: Nachforschen, was aus den beiden geworden ist, oder es ruhen lassen.

Den Beifahrer finde ich nicht.

Den Heuwagenbub, der sich als Milchwagenbub entpuppte, erreiche ich nach mehreren Anläufen telefonisch. Er ist erbost, gestresst, entnervt, will nicht mit mir sprechen, es wird doch immer vor unlauteren Telefonanrufern gewarnt, Enkeltrickbetrüger und so. Dabei wollte ich nur vorsichtig fragen, wie er den Schock von damals verkraftet hat, ihn traf schließlich keine Schuld. Er herrscht mich an, ich solle ihn in Ruhe lassen, droht mit der Polizei. Und zum Schluss dann der Satz: Hören Sie doch auf mit diesen Räuberpistolen!

Danach fühle ich mich schlecht, schuldig, unsensibel, habe den armen alten Mann so aufgeregt; wie kann man so plump sein, ich hätte ihn ja erst mal höflich anschreiben können; würde am liebsten zum Telefon greifen, um mich zu entschuldigen, was natürlich unmöglich ist, so schnell wird man zur Stalkerin, ich schäme mich nur schon für die Idee. Doch im Laufe des Tages höre ich immer wieder das Wort seiner Abwehr: *Räuberpistole*.

Vaters Tod ist keine Räuberpistole.

Über Geld reden: Ein weiteres Dokument taucht wundersamerweise auf, ausgestellt vom Regierungsrat des Kantons Zürich im November 1962. Es ist Vaters Wahl zum Assistenzarzt des *Röntgendiagnostischen Instituts des Kantonsspitals Zürich*. Sein Lohn wird für drei Jahre festgesetzt und beträgt 1767 Franken monatlich.

Ernst Traxler verdient als Kaufmännischer Angestellter 1250 Franken monatlich. Der Kaufpreis des *Chevrolet:* 2200 Franken. Die Reparatur desselben zwei Wochen vor dem Unfall: 4618 Franken. 50 000 Franken Regress bezahlt Traxlers Versicherung uns Hinterbliebenen aus; wie viel sich die Versicherung von ihm wieder zurückholt, er Monat für Monat vom Lohn abgezogen bekommt, ist nicht zu eruieren. Was aber klar sein dürfte: Über Jahre wurde er bei jedem

Zahltag daran erinnert, was an jenem Augusttag 1963 geschehen war. Was auch deutlich wird: Wie nah die Löhne von Akademikern und Arbeitern damals noch beieinanderlagen und dass diese abscheulichen Gehaltsunterschiede, die heutzutage vorherrschen, keinesfalls der Normalzustand sein müssten.

Eine Bekannte unterrichtet Berufsschüler. Eines ihrer Themen ist die Motorhaftpflichtversicherung. Sie erklärt den Jugendlichen, dass eine Versicherung kein Freifahrtschein ist, weil die nämlich nicht alle Kosten übernimmt, falls ein eindeutiges Fehlverhalten des Unfallverursachers vorliegt. Bei Schuldspruch legt die Versicherung einen Prozentsatz fest, den sie auf den Schuldigen abwälzen kann. Man glaube immer, versichert ist versichert, aber das stimme eben nicht, schärft sie den Jugendlichen ein: Unter Umständen bezahlt ihr ein Leben lang diese Regressforderung ab, euer Lohn wird gekürzt bis aufs Existenzminimum, denkt immer da dran!

Dass Traxler später behauptete, die Werkstatt habe einen Fehler mit den Bremsen gemacht, war für ihn wahrscheinlich überlebensnotwendig. Besser dastehen vor den anderen und vor allem vor sich selbst.

Der Archivar schreibt: «Der Bruder lebt!» Der Mann sei zweiundneunzig Jahre alt und wohne allein in einer Gemeinde am

Thunersee, nachdem seine Frau vor ein paar Jahren gestorben sei, er habe ihn ohne größere Recherche gefunden. Was bedeutet, dass ich ihn auch gefunden hätte – wenn ich seinen Namen kennte. Schon eigentümlich, dass ein Mitarbeiter eines Archivs eine Art geheimes Wissen hat. Überall gibt es Menschen, die mehr wissen als die, die es betrifft, Juristen und Beamte vor allem. Der Archivar fragt, ob er den Bruder anschreiben soll, ihn fragen, ob ich an ihn herantreten dürfe. Aber ja, antworte ich, sehr gern. Vielleicht hatten die Brüder überhaupt keinen Kontakt? Immerhin wuchsen sie in verschiedenen Familien auf, trugen unterschiedliche Namen, wer weiß, ob der eine eine unbeschwertere Kindheit führte als der andere, mehr Glück hatte mit den Pflegeeltern, mehr geliebt, gefördert, geschätzt wurde. Das sind durchaus spannende Fragen. Interessieren würde mich auch: Wie erging es der Mutter eigentlich, ohne ihre Söhne?

Und doch: Ich spüre eine gewisse Ermüdung. Fast bin ich froh, dass der Bruder sich auch nach zwei Wochen nicht bei dem Archivar gemeldet hat. Ich werde ihn nie kennenlernen. Eine sich verlaufende Spur als Befreiung.

Beglückende Momente: Wenn Mutter mir entgegenkommt und ruft: *Jesses, Zörli, schön bisch du da!*, bevor sie wieder in ihre Welt versinkt und der Vorhang des sekundenschnellen Erkennens sich geschlossen hat.

Autofetischismus *à la suisse*: Kennzeichen haben in der Schweiz eine gewisse Bedeutung, man wechselt das Auto, behält aber die Nummer (wer will). Je kleiner die Zahl, desto chicer. Besonders niedrige oder originelle Kennzeichen werden vom Straßenverkehrsamt versteigert, der Erlös fließt in die Staatskasse des jeweiligen Kantons. Es ist geradezu obszön: Für *ZH 50* wurden 202 000 Franken bezahlt, für *ZH 101* immerhin 83 200 Franken, *ZH 600* kostete 24 800 Franken und so etwas Gewöhnliches wie *ZH 39 321* brachte dem Staat 1050 Franken. Man darf sein Kennzeichen aber auch an ein Familienmitglied weiterreichen, viele übernehmen die Nummern ihrer Eltern, das kostet nichts und ist natürlich viel eleganter, als ein Schild zu ersteigern, was anrüchig und beschämend ist, was hätte man mit dem Geld Sinnvolles tun können. Mutter hat nach Vaters Tod den *Fiat 1100* samt Schild übernommen (hätte es zum Unglückswagen gehört, sie hätte es bestimmt nicht gemacht. Aber der Unfall geschah ja im *Käfer* ihres Bruders): *ZH 84 507*. Seit ich denken kann, ist das *unser* Nummernschild, keine Zahl ist mir vertrauter als diese, sie zierte Mutters *Fiat 124*, den *Renault Alpine*, den *Lancia Delta* und das *Fiat Coupé*. Ich besaß mehrere Autos mit Nummern, die ich mir nicht merken konnte und die mir völlig gleichgültig waren (die höchste in den 900 000ern). Nun fahre ich die *84 507* durch die Welt und nach Berlin, die Zahl, die seit siebzig Jahren zu uns gehört.

In Berlin bestelle ich ein Buch mit dem Titel *99 Crashes – Prominente Unfallopfer*. Auf dem Cover James Dean, die Ikone der

Verkehrstoten (abgesehen von Lady Diana, aber die lenkte ja nicht selbst), er sieht rasend gut aus in seinem Cabrio. Als ich das Buch abhole und anmerke, ein biografisch-lexikalisches Werk über Verkehrstote zu schreiben, sei doch etwas eigenartig, antwortet der Buchhändler (ein reizender Mensch, wir sind befreundet): Ach, is' schon 'ne geile Idee.

Das Buch lege ich zur Seite, suche aber Bilder von James Dean im Auto, stoße auf Unfallfotos, ein grauenhaftes Metallmassaker, der Wagen ein *Porsche 550 Spyder*. Die *California Highway Patrol* nutzte das Wrack in den 1960ern für eine Werbetour für mehr Sicherheit. Das Getriebe des Cabrios war lange verschollen, wurde dann vor ein paar Jahren für fast 380 000 Dollar versteigert *(James Dean Transaxle)*. Gekauft hat es ein Zag Bagans, der sich als *Pionier auf dem Gebiet des Paranormalen* bezeichnet und Inhaber von *Zag Bagans' Haunted Museum* in Las Vegas ist; das Getriebe ist nun *part of the show*.

Ein Bekannter erzählt von seiner Jugend auf dem Dorf, von den Motorrad- und Autounfällen seiner Schulfreunde, Crashs an Bäumen und Laternen etc., mehrere Jugendliche starben, darunter auch sein Sportkamerad. Er referiert das mit einer achselzuckenden Distanziertheit, wie sie oft auffällt, wenn Leute von Straßentoten sprechen, *ja schlimm, Pech, kein Verbrechen, ein Unglück, passiert halt*. In Deutschland sterben täglich zehn Menschen im Verkehr, das sind 3500 im Jahr. Man stelle sich vor, es käme durch Zugunglücke zu so vielen Toten, durch Flugzeugabstürze oder Hundebisse, da wäre doch die

Hölle los (keine Hunde mehr erlaubt). Beim Auto hingegen: *Ist halt so*. Weltweit sterben laut WHO jährlich über 1,2 Millionen Menschen auf den Straßen (zum Vergleich: 2022 starben laut *Global Peace Index* 238 000 Menschen in kriegerischen Auseinandersetzungen). Seit das erste Kraftfahrzeug aus einer Fertigungshalle rollte, haben mehr als 50 Millionen Menschen ihr Leben ans Auto verloren. Und über jeden Einzelnen von ihnen könnte man eine Geschichte erzählen. Über sein Leben. Über sein Sterben.

Albert Camus zum Beispiel: Am 4. Januar 1960 will der Schriftsteller und Nobelpreisträger mit seinem Freund Michel Gallimard, dessen Frau Janine, Tochter Anne und Hund Floc aus seinem Wohnort Lourmarin in Südfrankreich nach Paris fahren. Weihnachten hat er noch mit seiner Frau und den Zwillingen Catherine und Jean verbracht, die bei ihm zu Besuch waren, zu Silvester hat er seinen diversen Geliebten Neujahrsgrüße geschickt. Man fährt frühmorgens los, Gallimard steuert den grünen *Facel Vega HK 500*, ein ungeheuer eleganter und ausladender *Grand Tourismo*. Camus ist Beifahrer, eigentlich wäre er lieber mit dem Zug gereist, hat sich aber zu der Fahrt überreden lassen. Hundert Kilometer vor Paris platzt ein Reifen, der Wagen kommt ins Schleudern, prallt erst gegen eine Platane, dann gegen die nächste. Camus ist sofort tot, Gallimard stirbt Tage später im Krankenhaus, Mutter und Tochter Gallimard überleben nahezu unverletzt, Floc verschwindet spurlos. In Camus' Tasche finden sich sein Bahnticket, Nietzsches *Fröhliche Wissenschaft* und das unvollendete, handgeschriebene Manuskript von *Der erste Mensch*. Albert Camus wird sechsundvierzig Jahre alt.

In der *Frankfurter Rundschau* erschien 2019 ein Interview mit Camus' fünfundsechzigjähriger Tochter. Es entspann sich folgender Dialog zwischen der Journalistin und Catherine Camus:

Camus: «Wenn man seinen Vater mit 14 durch einen Autounfall verliert, dann ist das wie ein Erdbeben. Ein Tsunami. Eine innere Explosion. Sie warten auf ihn, und dann begreifen Sie, dass Sie ihn niemals wieder sehen werden. Innerhalb von 30 Sekunden bricht alles zusammen. Ich habe vor allem versucht, einfach weiterzuleben. Lange Zeit bin ich wie ein gejagter Hase durchs Leben gerannt.»
FR: «Erinnern Sie sich, wie Sie vom Tod Ihres Vaters erfahren haben?»
Camus: «Oh ja, sehr genau sogar. Niemand hat mir etwas gesagt.»
FR: «Wie haben Sie es dann erfahren? Hat Ihre Mutter Ihnen nichts gesagt?»
Camus: «Nein.»
FR: «Aber irgendjemand muss es Ihnen doch gesagt haben?»
Camus: «Ich sollte bei einer Freundin meiner Mutter übernachten, die ich nicht sehr gut kannte. Ich schlief in ihrem Bett und mitten in der Nacht habe ich sie gefragt, wo denn eigentlich

meine Mutter ist. Sie sagte dann: ‹Bei der Beerdigung deines Vaters.› Und ich erwiderte: ‹Ist er gestorben?› Voilà. So war's. Wenn man seinen berühmten Vater mit 14 Jahren verliert, dann wird man sehr schnell erwachsen. Sehr, sehr schnell.»

Manchmal fantasiere ich, was passiert wäre, hätte ich Traxler zu Lebzeiten aufgesucht, sagen wir, als ich vierzig war (auf jeden Fall älter als dreiunddreißig, jenes paralysierende Alter, von dem ich als junger Mensch sicher war, dann würde ich sterben, so wie Vater, ich hatte sogar den Tag errechnet, an dem es geschehen würde), noch keine Schriftstellerin, aber schon eine Autorin, und er Ende sechzig, ein alleinstehender Pensionär. Es ist eine positive Fantasie, die sich mir aufdrängt, negative habe ich keine, seltsamerweise. Ich hätte Traxler angerufen, er hätte den Hörer nicht aufgeknallt, mich nicht als Eindringling beschimpft, sondern im Gegenteil gesagt: *Ich bin froh, dass Sie sich melden.* Wir hätten ein Treffen verabredet, ich hätte ihn vor seinem Wohnhaus abgeholt, das ich heute von außen kenne, hätte unten gewartet, weil ich seine Wohnung nicht betreten wollte, zu intim, wir hätten einen Spaziergang gemacht dem Fluss entlang, wir hätten geredet, über die Jahrzehnte des Schweigens, darüber, wie es ihm ergangen ist und wie mir und wie meiner Mutter, er hätte von seinen Schuldgefühlen gesprochen und seinen Albträumen, er hätte sich entschuldigen können, es hätte sich etwas aufgelöst, für ihn, aber auch für mich, und ich bin sicher, es wäre bei einem einmaligen Treffen geblieben, mehr wäre nicht nötig gewesen. Vielleicht, und das beschämt mich, hätte sich durch diese Begegnung mein Knoten der Angst und der Sprachlosigkeit gelöst, und ich hätte ungeniert zu Mutter sagen können: *Erzähl' mir doch mehr über papà.*

Ein Spaziergang im Grunewald mit einer Autorenfreundin, wir sprechen tatsächlich übers Schreiben. Es hat geschneit, jetzt regnet es, Matsch, Laub und Nadeln am Boden, die Hunde sausen zwischen den Bäumen durch, vor allem die kleine Rote, ihr Radius ist enorm, oft zeigen Passanten mit dem Finger auf sie, sind irritiert, *ein Fuchs!, ein Fuchs!,* fragen dann, ob das Tierchen verloren gegangen und auf der Suche nach seinem Besitzer sei, aber nein, sie ist nur schnell und unerzogen und macht ihr Ding, ein Freigeist (der gefährlich lebt). Plötzlich ein Knacken, ein Krachen, dann ein stumpfer Knall, ein kurzer Lärm war das nur, aber ein gewaltiger, der Boden bebte, die Menschen schauen sich um. Ich sage: Lass uns gucken gehen, da ist ein Baum umgestürzt. Wir sehen die Birke, sie liegt nicht auf dem Weg, ist im Wald drin umgefallen, hat Äste anderer Bäume mit sich gerissen, wir haben alle Glück gehabt, jemand hätte erschlagen werden können. Birken sind kurzlebig, sage ich. Wir sprechen über Ödön von Horváth, der während eines heftigen Gewitters auf den Champs-Élysées von einem abgebrochenen Ast erschlagen wurde (und vorher nicht im Auto nach Hause hatte chauffiert werden wollen, weil ihn ein Wahrsager vor einem Unglück gewarnt hatte und er Fahrstühle und Autos mied). Auf dem

Rückweg fallen all die Birkenstümpfe ins Auge, die im Wald herumstehen wie verwitterte Säulen, zwei, drei Meter hoch, aufrechte Biotope, ich habe die noch nie beachtet. Es hätte so viele Möglichkeiten gegeben, durch eine altersschwache Birke zu Tode zu kommen.

Heiligabend, im Auto unterwegs von Berlin nach Zürich, keine schlechte Planung, sondern pure Absicht: wenig Verkehr, wenig Gefühlsduselei. Weihnachten im Fernfahrerhotel: eine verlockende Vorstellung, obwohl wild zusammengewürfelte Weihnachtsessen mit Freunden durchaus ihren Charme haben, vor allem in Berlin, Stadt der Solitäre. In der Lobby des Messehotels Nürnberg, in das ich einkehre, weil es regnet und stürmt, starren ein Dutzend Chinesen in Jogginghosen auf ihre Handys oder hören Musik; plötzlich Stöckelschuhgeklapper, junge Frauen in hochgeschlitzten Paillettenkleidern kommen angetänzelt, es wird in allerlei Sprachen gekichert. Ich werfe 8.90 Euro in den Pizzaautomaten, er steht neben der dunklen Tankstelle vor dem Hotel, das habe ich noch nie gemacht, Pizza aus der Maschine, dass es das überhaupt gibt; die Pizza wird nach wenigen Minuten in Karton verpackt aus dem Gerät gespuckt, sie riecht gut. Die Hunde und ich verspeisen sie in der Lobby, Bar und Restaurant sind wegen Heiligabend geschlossen, die chinesischen Männer und die spärlich bekleideten Frauen steigen in Großraumtaxis, sie sind, so erfahre ich, Zirkus-Artisten, die Männer gehören zur berühmten Wuhan-Schaukel-

Truppe, die Frauen sind Schwertschluckerinnen, Trapezkünstlerinnen und argentinische Malambo-Tänzerinnen. Es wird still im Hotel, nur der türkische Portier und ich sind übrig geblieben, wir plaudern. Während der Großteil der Menschen jetzt mit ihren Familien feiert, gilt für mich: Da ist keine Familie, Weihnachten ist etwas für die anderen. Aber das ist mir urvertraut. Früher, als Mutter im Kinderspital als Röntgenassistentin arbeitete, haben wir öfter Weihnachtsdienst gehabt. Wir – denn ich war dabei. Wir schliefen im sogenannten *Jour-Zimmer*, das in dem Fall zu einem *Jour-et-Nuit-Zimmer* wurde, der Weihnachtsdienst zog sich über mehrere Tage und Nächte. Als Mädchen gefiel mir das sehr. Ich trug einen weißen Mantel mit riesigen Taschen, in denen sich meine kleinen Hände verloren, fühlte mich wichtig und marschierte durch die kahlen Gänge, als ob das mein natürliches Habitat wäre (was es ja war: die Klinikräume des Großvaters in Bari waren mir Heimat, der Spitalgeruch immer angenehm), blickte in Krankenzimmer, schob Betten, wir aßen in der nahezu leeren Kantine (nur Notfälle über die Feiertage), ich half beim Röntgen, durfte Bilder entwickeln, war mit im Befundzimmer, wenn der Radiologe rauchend diagnostizierte (so wie der Nonno rauchend diagnostiziert hatte), immer ein Mann, denn damals gab es keine Radiologinnen. Ich wurde konfrontiert mit Dingen, die ich nie vergessen werde, ein neugeborener Junge mit einem furchterregend hohen Wasserkopf etwa, er überlebte nicht. Ich sah weinende Eltern, todkranke Kinder, vor allem aber verunfallte Kinder, denn Weihnachten ist gefährlich, Verbrennungen (Christbäume), Stürze (falsch montierte Klimmzugstangen in Türrahmen), Vergiftungen, Stromschläge, Tierbisse, Gewaltausbrüche, es kann so viel passieren. Dass wir an diesen Festtagen immer wieder Dienste übernahmen, hatte nebst der herrlich nüchternen und gänzlich unsentimentalen Art meiner Mutter, die nicht einsah, weshalb man als Atheistin so ein Brimborium um etwas macht, an das man nicht glaubt, einen weiteren Grund, warum wir arbeiten sollten und die anderen feiern durften: *Ihr seid ja keine richtige Familie.*

Eine Schmuckschatulle, dunkles Wurzelholz, intarsienverziert. Beim Räumen von Mutters Wohnung hatte ich sie zusammen mit den Handtaschen verstorbener Großtanten, die zu hübsch zum Entsorgen waren, aber auch zu kitschig, um sie zu tragen, in einer Papiertüte im Putzschrank verstaut und vergessen. In der Schatulle findet sich Mutters Modeschmuck, voluminöse und bunte Ketten, Bakelit vor allem, sie hat in Trödelläden außergewöhnliche Stücke gefunden, sie sah mondän aus damit. Wie ein Kind räume ich das Wunderkästlein aus, behänge mich mit all den Sachen, betrachte mich im Spiegel, fühle mich fremd, verstaue alles wieder in den verschiedenen Fächern und denke: eigenartige Konstruktion, der Boden ist so dick. Ich fummle dran rum, zerre hier und da, entdecke eine eingelassene Lasche, hebe den Boden hoch und blicke mir ins Gesicht, der Dreijährigen, die ein Eis schleckt, das Foto ist vergilbt, aber alles daran schreit: Italien! Bari! Sommer! Unter dem Bild liegen drei kleine rot-blaue Päckchen der Firma *Gevaert – Gevacolor R5 / 2 x 8 mm.*

Filmrollen! Winzig klein. Ich erkenne Mutters Schrift:

«Antwerpen November 1960»

«Zoo Zürich Februar 1961 / M & M»

«Zermatt April 1961»

Das ist nun wirklich bemerkenswert. Die Filmrollen, die ich neulich sortiert habe, stammen aus der Zeit, als Vater nicht mehr lebte, keine 8-mm-, sondern Super-8-Filme (seit 1965 auf dem Markt). Wir haben sie öfter angeschaut, Bari, Slowenien, Ustica, Davos, immer Mama und ich unterwegs in der Welt, manchmal sind Verwandte dabei. Diese drei Rollen hingegen: vor meiner Zeit, nicht Mutter und Tochter. Sondern: Mann und Frau.

Eine Woche benötigte das Fotogeschäft für die Digitalisierung der Filme. Nun sind sie angekommen, dreimal dreieinhalb Minuten. Als Erster ist der Zoofilm dran. Hoffentlich haben die beiden nicht nur Tiere, sondern auch einander gefilmt.

Was dann zu sehen ist: unfassbar deprimierend. Nicht Mutter und Vater, sondern die Tierhaltung der Sechzigerjahre. Gelangweilte Bären, Löwen und Tiger hinter Gitterstäben, sofort kommt einem Rilke in den Sinn, «der weiche Gang geschmeidig starker Schritte, der sich im allerkleinsten Kreise dreht», schon als Schülerin habe ich geheult beim Auswendiglernen, die Zeilen daher nie vergessen. Dann, Mutter adrett in ein Wollkostüm gekleidet an eine Mauer gelehnt, sie zeigt auf die Pinguine im kahlen Pool, danach ein Schwenk auf Affen in Betonschluchten, einander lausend, ein Nashorn, Büffel, kaum Natur. Aber dann: *eccolo!* Manfredi, im Anzug und mit Schlips, die Hände in den Hosentaschen, vor dem Kamelgehege. Erst blickt das Kamel zu mir (bzw. zu Mutter, die die Kamera führt), diese Oberlippe, dieser freundliche Gesichtsausdruck, dann dreht es den Hals, betrachtet Vater (dessen Profil anders ist als erwartet, die Nase gekrümmter, das Kinn spitzer – und, er hat wenig Haare!), der hält den Kopf schief, reckt den Hals neugierig, blickt wohlwollend zum Kamel hoch, das sich über ihn beugt, ganz nah beieinander stehen sie nun, eine Blitzbegegnung zwischen Mann und Tier. Fünf Sekunden dauert die gesamte Sequenz. Zum ersten Mal *papà* in Bewegung gesehen. Mit einem Kamel. Das gefällt mir.

Der zweite Film eine Reise nach Antwerpen, offenbar ein Medizinerkongress, Radiologenfreunde sind dabei. Mutter ist die Filmerin, Vater steigt über die Außentreppe ins Flugzeug, eine Propellermaschine der *Swissair*, eine *Convair 440*, er dreht sich oben angekommen noch einmal um, wie in einem Spielfilm; bemerkenswert sind die Menschen auf der Zuschauerterrasse, dicht gedrängt und winkend, Fliegen als Spektakel, alles andere als eine Selbstverständlichkeit. In Antwerpen unternehmen sie eine Hafenrundfahrt, Vater kommt am Quai grinsend auf Mutter zugeschlendert mit dieser ironischen *ma-che-vuoi*-Geste, und ich muss lachen, ich wusste, dass er *Fußballerbeine* hatte, aber dass sein Gang der eines Fußballers war … oder vielleicht nur gewürzt mit einer Prise südländischer Männlichkeitsattitüde, das ist mir neu, und mir fällt ein, wie einst ein

Arztfreund, der uns Jahre nicht gesehen hatte, Mutter anrief, er habe mich beim Autostoppen erwischt, wie ich auf den haltenden Wagen zulief, unverkennbar, das rothaarige Mädchen mit Manfredis Gang (was auch immer das bedeuten mag).

Und dann: Zermatt. Der gesamte Film ist rosarot verfärbt, wirkt surreal. Mutter auf Skiern auf rosa Schnee, noch fährt sie nicht so gut wie später, mehr Stemmbogen als Eleganz. Dann im Dorf unten, Manfredi am Bahnhof, er schlägt eine Zeitung auf, es ist der *Corriere della Sera*, die Schlagzeile auf Seite 1 (in Rosa): «*Yuri Gagàrin è tornato sulla Terra dopo aver visto ciò che nessuno ha mai visto.*» – «Yuri Gagàrin kehrte auf die Erde zurück, nachdem er gesehen hatte, was noch nie jemand gesehen hat.»

Nächste Szene: Er im Straßencafé, in der rechten Hand eine Zigarette, in der linken ein Glas, das nach Whiskyglas aussieht. War er etwa Linkshänder?

Schnitt. Mutter baut sich vor ihm auf, sie sieht rotzfrech aus, eine kurzhaarige Göre, die mit dem Finger auf ihn zeigt, unverkennbar, was sie meint: Ich geh jetzt da rüber, *imfall*, und du bleibst hier, *imfall*.

Und schon *füdelet* sie los, über die Straße in ihrer schnittigen Hose und der Winterjacke mit dem übergroßen Kragen, burschikos und feminin zugleich, und mir ist sonnenklar, dass sie wirklich hinter der Tür des Krankenhausflurs hervorgehüpft kam, um diesen charmanten Italiener abzupassen, ihn auf diese Weise kennenzulernen, eine lebensfrohe junge Frau aus der Provinz, die genau weiß, was sie will.

Neun Jahre haben sie gehabt zusammen.

NACHTRAG: In der Tiefgarage der *Migros* Höngg. Rede mit dem Hund auf dem Beifahrersitz, schnalle mich an, lege den Rückwärtsgang ein, fahre los. Ein lautes Krachen. Ich habe einen Pfeiler gerammt, mit Schwung. Es ist mir ein Rätsel, wie das passieren konnte. Da stand doch nie ein Pfeiler! Blechschaden, auch das Rücklicht ist zertrümmert. Ich wühle nach den Versicherungspapieren im Handschuhfach – und finde den Umschlag mit dem Foto, auf dem Ernst Traxler beim Turnfest zu sehen sein soll (ich denke: *dä mit em Chrüzli*). Erstaunlich: Ich hatte das vergessen, verdrängt, was auch immer. Ist jetzt der Moment, E. T. ein Antlitz zu geben? In einer schummrigen Parkgarage, das Krachen des Blechs noch im Ohr? Jemand hupt, ich fahre den Wagen zur Seite. Denke nach, der Hund klettert auf meinen Schoß. Schiebe ihn weg, steige aus, marschiere zum Kassenautomaten, wo auch der Papierkorb hängt, lege den Umschlag hinein, fast ein bisschen andächtig, kehre zum Auto zurück und kurve aus der Unterwelt hinauf ans Licht.

Mein aufrichtiger Dank gilt allen Freundinnen und Freunden, den Verwandten, Bekannten und Fremden, die ihre Erinnerungen, ihre Geschichten und ihr Wissen mit mir geteilt haben.

Der größte Dank gebührt meiner wunderbaren, starken Mutter, der ich dieses Buch widmen möchte.

Dieses Buch ist autofiktional. Hinsichtlich der nicht zum Familienkreis der Autorin gehörenden Personen wurden Namen, Ortschaften und Daten zu deren Schutz verfremdet.

Das Zitat auf Seite 33 / 34 stammt aus:
Aleš Šteger
NEVEREND
Roman
Aus dem Slowenischen übersetzt
von Matthias Göritz und Alexandra Natalie Zaleznik
© Wallstein Verlag, Göttingen 2022
Wir danken Autor und Verlag für die freundliche
Genehmigung zum Abdruck.

www.chbeck.de
Umschlaggestaltung: buxdesign | München
Umschlagabbildung: Schweizer Landschaft © Volker Loche, Adobe Stock
Mann © plainpicture / neuebildanstalt / Lembke
Bilder im Innenteil: Aus dem Privatarchiv der Autorin © Zora del Buono
Satz: Fotosatz Amann, Memmingen
Druck und Bindung: Druckerei Pustet, Regensburg
Printed in Germany
ISBN 978 3 406 82240 7